TerreSombres

Une collection dirigée par Laure Buisson

Gwenaële Robert, *Le Dernier des écrivains,* 2022
Christian Authier, *L'Ouverture des hostilités*, mai 2022

LE DERNIER DES ÉCRIVAINS

DU MÊME AUTEUR

Tu seras ma beauté, Robert Laffont, 2017. Prix Draveil 2017, prix National Lions de Littérature 2019

Le Dernier Bain, Robert Laffont, 2018 ; Pocket, 2020. Prix Terre de France 2018, prix Brise-lames 2019, prix Bretagne 2019, prix Montesquieu 2019, prix des lycéens du salon du livre de Chaumont 2019

Never Mind, Robert Laffont, 2020. Prix Albert Bichot 2020, prix Maintenon 2021

Gwenaële Robert

LE DERNIER DES ÉCRIVAINS

Roman

Les Presses de la Cité TerreSombres

92, avenue de France – 75013 Paris
ISBN 978-2-258-19708-4
Dépôt légal : mars 2022

À Hellen

Un jour j'arracherai l'ancre qui tient mon navire loin des mers.

Henri MICHAUX, *Clown*

1

7 décembre

Il pleuvait. Elle regardait les gouttes d'eau s'écraser sur la vitre, puis s'étirer et suivre sur le carreau des chemins incertains – ralentissements suivis de brusques accélérations –, loupes ductiles et fugitives où s'enflaient la campagne, les vaches, l'ardoise des toits. Combourg, trois minutes d'arrêt, puis Dol-de-Bretagne, La Fresnais, La Gouesnière-Cancale. Elle interrogeait son reflet dans la vitre : est-ce qu'elle aurait dû envoyer un message à son père ? Il vivait à Saint-Coulomb, à même distance de Cancale et de Saint-Malo, trop loin des parcs à huîtres pour attirer les amateurs et des remparts pour attirer les touristes, une bourgade de choux-fleurs et de malouinières secrètes où passaient parfois des retraités avec des bâtons de marche et des sacs à dos bicolores. Il s'y était installé il y avait dix ans, seul, dans une petite maison de pierre mangée de lierre avec un immense hangar pour le voilier, deux fois la taille de l'habitation. Elle y avait passé les premiers étés, il gonflait un matelas qu'il casait dans son bureau entre les ouvrages de navigation et les traités sur les fortifications Vauban, des piles de livres achetés d'occasion qui s'effondraient au moindre de ses mouvements dans un nuage de poussière. La plage n'était pas loin, elle descendait le chemin de la Touesse espadrilles à la main, puis c'étaient les huîtres qu'ils dégustaient ensemble, assis à califourchon sur le petit muret du jardin, les siestes au soleil voilé de juillet, les coups de main qu'elle donnait en silence dans le hangar tandis qu'il réparait le bateau – des algues à arracher, une nouvelle couche de peinture sur la coque. Ensuite, elle n'était plus venue, elle ne saurait pas dire exactement ni quand ni pourquoi, un été trop pluvieux, une remarque qu'elle aurait mal prise sur son travail, son maillot de bain, le désordre qu'elle laissait dans la salle de bains. Il était devenu taciturne et maniaque, elle avait découvert le Sud – son fiancé d'alors venait de Nice. D'abord elle avait trouvé une excuse, puis il n'avait plus rien demandé, s'était habitué à sa solitude qu'il aimait trop à présent pour accepter qu'elle fût troublée par une présence, fût-elle celle de sa fille unique.

Est-ce qu'elle devait lui dire maintenant qu'elle allait s'installer pour une semaine à quelques kilomètres de chez lui ? Lui proposer de la retrouver dans un bar intra-muros, un restaurant sur le Sillon, une plage ? Elle hésitait sur la formule à employer, il était devenu tellement susceptible. Devait-elle préciser qu'elle demeurerait chez Pierre Le Guellec, qu'il jugeait « intéressant mais un peu poseur » – et le ton faussement détaché qu'il prenait pour le dire trahissait un peu de jalousie et beaucoup d'amertume ? Il avait dû apprendre que le prix Nobel allait être décerné à l'écrivain breton dont sa fille était l'attachée de presse. Ce matin, en gare de Rennes, les journaux locaux ne parlaient que de ça : *Le Malouin Pierre Le Guellec récompensé par le Nobel pour son œuvre* ; *Le nouveau Prix Nobel de littérature vit à Saint-Malo* ; *Le Guellec, terre-neuvas et Prix Nobel*, des gros titres mimétiques où l'on sentait poindre la fierté régionale, d'autant plus vive que l'œuvre de Le Guellec portait haut la marque de ses origines bretonnes, lutte contre la mer et mœurs de granit. Son père, s'il s'était rendu au tabac-presse de Saint-Coulomb comme chaque matin, ne pouvait pas l'ignorer. Elle devinait ses sarcasmes, il détestait les écrivains installés, consacrés par des prix offerts à ceux-là seulement qui n'en ont plus besoin. « Le Nobel est une bouée que l'on jette à ceux qui ont atteint la rive » : au buraliste il avait dû citer cette saillie célèbre – Bernard Shaw ou Tristan Bernard – raillant les simagrées de ces faux misanthropes avides de reconnaissance. Si elle lui en parlait, il ne manquerait pas de se moquer. Elle pourrait argumenter mais à quoi bon ? La conversation dévierait inévitablement vers elle, deux années de prépa, une école de communication à dix mille euros l'année pour quoi ? Promener le chien d'un auteur à succès sur les remparts pendant que le type se fait acclamer à Stockholm ? Elle soupira, à quoi bon expliquer ? Elle était la dernière attachée de presse.

Qu'on ne se méprenne pas. Des attachées – on disait à présent « chargées de communication » –, il s'en formait tous les ans, des promotions entières que la marée des écoles déposait régulièrement sur la grève du marché, diplôme en main, rompues à la communication digitale, des filles « offensives » et « efficaces ». Mais Marie Rivalain avait été formée à l'ancienne par Françoise Mandron, qui avait connu Duras et Aragon, était à la fois une assistante, une confidente, une amie de *ses* auteurs, prenait leurs rendez-vous médicaux, passait à la pharmacie, au pressing, gardait les bêtes, s'enquérait de la vie des enfants, assistait aux mariages et aux bar-mitsva. Marie était son disciple, elle avait été formée à son école. Son portable était allumé tous les dimanches, en vacances aussi, les auteurs pouvaient la joindre quand ils voulaient, ils le savaient, n'hésitaient jamais. À la mort de Françoise (trop de cigarettes, d'alcool, une overdose de dévouement), ils étaient tous dans le cortège, émus, tristes comme aux obsèques d'un membre de leur famille, surpris tout de même de trouver tant de collègues derrière le corbillard de celle qui leur avait laissé croire qu'ils étaient uniques, qu'ils faisaient l'objet de son attention exclusive.

Depuis, Marie avait repris les auteurs de Françoise, s'efforçant d'assurer la même disponibilité, la même écoute. Avec Pierre Le Guellec, dont Françoise s'occupait depuis plus de trente ans, la passation avait été curieusement fluide. D'abord, il l'appelait quand il avait besoin d'un taxi, d'une oreille, d'un contact, elle répondait toujours, touchée de sa courtoisie désuète, ses manières un peu passées dont l'apparente raideur dissimulait une timidité réelle. Un jour, il y avait près de dix ans, c'était en juin ou en juillet, elle dut se rendre à Saint-Malo pour récupérer le contrat d'une adaptation au cinéma. C'était un jour de tempête, la marée était haute, elle était arrivée par les remparts, décoiffée, trempée, ses cheveux gouttant sur son chemisier d'été, ses sandales de corde imbibées de l'eau de pluie. Il avait considéré sa silhouette de chat mouillé avec l'air absorbé de celui qui a un problème à résoudre, avait soufflé quelques nuages de fumée, puis avait proposé un grog. La pluie tombait toujours, l'appartement sentait le chien et le tabac, il y avait au mur des portraits de corsaires, des marines, des photos jaunies. Ils avaient parlé de littérature et d'histoire, et ces sujets se fondaient si bien dans le paysage qu'il semblait qu'il n'y en eût pas d'autres possibles. Parler de soi, de l'actualité, de la météo semblait hors jeu : au mieux un anachronisme, au pire une faute de goût. Son élocution était lente, ponctuée de silences amusés, il cherchait parfois ses mots, citait Chateaubriand sans affectation, comme il aurait répété les paroles d'un ami rencontré la veille au bistrot d'à côté. Il racontait des guerres de course, des histoires de chiens et de toits d'argent, des trésors enfouis six étages sous terre. Elle hochait la tête, réchauffée par le breuvage qui allumait dans son sang des flammes couleur d'ambre. Par la fenêtre, on voyait les remparts où des touristes en sandalettes couraient pour se mettre à l'abri dans les guérites de pierre. Il s'en amusait, devinait les orages conjugaux, les reproches – je te préviens, c'est la dernière fois qu'on vient en Bretagne. Ils avaient bu un autre grog – à la pluie –, puis le rhum seul – à la Bretagne –, un autre – à la littérature –, encore un autre – à leur rencontre. Elle avait dormi dans la chambre du fond dont le parquet craquait comme le pont d'un vieux galion, tanguait de même, et la pluie giflait la vitre comme le hublot d'un navire dont elle était l'heureux passager clandestin.

De ce jour était née leur amitié, une amitié tacite et fidèle, faite d'admiration – elle –, de tendresse – lui –, d'affection réciproque. Parfois, il lui arrivait de l'appeler Françoise. Elle ne corrigeait jamais. Quand le jury du Nobel avait élu en octobre l'écrivain breton, c'était elle qui l'avait appelé pour le féliciter. La ligne était mauvaise, on entendait mal – les murs trop épais, le granit –, le chien aboyait, il avait bredouillé des mots embarrassés, oui, oui, je suis content. À Paris, dans le bureau de Béatrice Montviel, son éditrice, on avait sablé le champagne, un Nobel dans la maison Brodin, ce n'était pas arrivé depuis soixante ans. On allait rééditer toute son œuvre – plus de vingt titres –, des tirages énormes ceints du bandeau rouge *Prix Nobel de Littérature*, un argument de vente irréfutable. Le lauréat n'avait pas voulu se joindre à l'euphorie éditoriale, il avait décliné l'idée de célébrer l'événement dans un grand restaurant parisien, du reste il ne se déplaçait presque plus depuis son opération de la hanche, et puis il y avait Silver, un terre-neuve aux poils bruns, soixante kilos de fidélité massive, qui n'aimait pas quitter Saint-Malo. Même refus de participer aux conférences qui avaient lieu à Stockholm la semaine précédant la remise de prix. Marie n'avait pas insisté, il arriverait directement le 8 décembre, l'avant-veille de la cérémonie. Elle savait ses réticences aux événements mondains, à tout ce qui pouvait briser la solitude de son désert breton. Elle s'était occupée des démarches ordinaires, s'était mise en relation avec les organisateurs suédois, avait pris le billet d'avion, réservé un smoking, une chambre d'hôtel. Il s'était inquiété qu'elle ne l'accompagne pas mais c'était le rôle de l'éditrice qui le rejoindrait directement à Stockholm, accompagnée d'Alexandre Brodin, dit Brodin fils, nouveau directeur de la maison d'édition depuis la mort de son père l'an passé. Quant à elle, elle viendrait à Saint-Malo le 7 au soir, l'emmènerait à l'aéroport le lendemain à l'aube, garderait le chien et l'appartement, elle y avait sa chambre depuis la soirée des grogs, toujours la même cabine, au fond du couloir à gauche. Il avait regretté qu'elle ne soit pas du voyage – vous êtes certaine de ne pouvoir venir ? – puis approuvé d'une voix qu'elle avait trouvée vieillie, fatiguée, d'accord, d'accord, avant de raccrocher, merci infiniment Françoise.

À présent elle le devinait soucieux dans son bureau enfumé, il devait douter de ce qui lui arrivait, cette consécration, cette gloire tardive après tant d'années d'obscurs travaux, et le prix, huit millions de couronnes suédoises – près de huit cent mille euros, de quoi voir venir, même si, à près de quatre-vingts ans, cette expression résonnait curieusement. Est-ce qu'il faisait des projets en caressant la tête de Silver, rénover la toiture, la façade de cet hôtel d'armateur acheté dans la vieille ville il y avait vingt ans à la faveur du prix Femina – une folie qu'il avait fallu dépecer en appartements, tous loués depuis pour rembourser les crédits contractés et joindre les deux bouts. Longtemps il avait rêvé de mettre ses locataires dehors, ces parasites qui avaient emménagé chez lui à mesure que se creusaient ses dettes. Une demeure comme celle-ci, il fallait l'habiter tout entière, ou pas du tout. Au lieu de quoi, il entendait grincer le parquet au-dessus de sa tête, supportait les vacanciers du troisième étage, leurs surfs sur le palier, leurs questions stupides sur la télévision ou le code Wi-Fi de la location. Après vingt ans d'attente, il allait pouvoir reprendre possession de l'ensemble de la demeure. Mais que ferait-il maintenant de ces cinq cents mètres carrés de stucs et de moulures, de ces escaliers immenses où il s'essoufflerait, de ces fresques peintes au XVIIIe – frégates échouées sur les plages d'îles luxuriantes, bananiers, macaques et femmes alanguies parmi les fleurs de tiaré, promesses de voyages qu'il ne ferait jamais ?

« Mesdames et messieurs, nous arrivons à Saint-Malo, Saint-Malo terminus de ce train. » Marie s'ébroua, il était cinq heures et déjà le jour baissait, la gare de Saint-Malo apparaissait au terme d'un long chemin de croix, zones commerciales, entrepôts d'engrais, concessions automobiles et immeubles ornés de graffitis criards au sens hermétique. Le compartiment s'était vidé à Rennes, il restait seulement une étudiante, casque vissé sur le bonnet, un homme en costume qui tapait frénétiquement sur le clavier de son ordinateur. Elle remonta l'allée en tirant sa valise. Sur le quai, elle vérifia l'écran de son portable – deux messages de Béatrice Montviel : *Bon séjour à Saint-Malo* ; *Tu m'appelles quand il est dans l'avion ?* Elle répondit d'un pouce levé puis, à son père, elle envoya : *Je suis à Saint-Malo dans l'appartement de Le Guellec pour cinq jours. On se voit ?*

On se voit, ça n'engageait à rien. Ni intrusif ni suppliant, juste la distance nécessaire pour le laisser libre de son choix, et se prémunir contre son refus qu'elle devinait – il avait un rhume, trop de travail, le bateau à remettre en état, son bureau à ranger, une autre fois peut-être, sans rancune.

Devant la gare, elle héla un taxi. Le type se sentit obligé de lancer en breton « Degemer mat ! Bienvenue en Bretagne ! » tout en pointant le doigt vers le ciel qui ruisselait, avec force clins d'œil pour souligner son sens de la dérision – en Bretagne, on est mouillé mais on sait rire. Elle hocha la tête, s'engouffra à l'arrière avec un vague sourire. Le trajet ressemblait à la traversée des siècles, une histoire de l'architecture à rebours. Elle laissait derrière elle la gare neuve, les hôtels, les immeubles fraîchement bâtis et un peu prétentieux avec leurs vitres fumées et leurs huisseries d'aluminium. Ils passèrent devant les maisons de l'après-guerre, thuyas qui dégoulinaient sur les jeux de jardin, géraniums aux balcons. Puis c'étaient les pavillons modestes des années vingt aux noms soigneusement gravés sur de faux cartouches de plâtre, *Ker Paulette, Chez nous, Mon repos, Ma victoire*, des façades qui sentaient la transpiration, l'épargne, le labeur dans un ministère poussiéreux de la IIIe République – on devinait les heures de discussions conjugales sous une lampe de gaz, au son de la franc-comtoise, tic-tac, tic-tac, pour trouver un nom pas prétentieux, pas bégueule mais plein de fierté quand même, ce pavillon on ne l'avait pas volé, tic-tac, le type osait un jeu de mots, *Do-mi-si-la-do-ré, Sam suffit*, sa femme secouait la tête, elle trouvait ça stupide, et pourquoi pas *Mon paradis* ?

Le taxi s'engagea dans Courtoisville, et les villas cossues – tourelles, mosaïques et encorbellements – affichaient maintenant des noms plus simples, lâchés avec désinvolture, *Les Vagues, Les Mouettes, Castel Roc, Rochebelle*, des noms qui disaient que ces maisons étaient plus qu'une demeure : tout un monde. On devinait des vacances avec une armada de domestiques, premiers bains de mer, ombrelles, pêche aux crabes, calèches, casino, vous ici ? je vous croyais à Deauville ! Elle aurait aimé séjourner dans une de ces villas qui longeaient la digue et ouvraient sur la mer d'immenses portes vitrées, mais l'écrivain avait préféré la vieille ville, la ville austère et fortifiée, ceinte de murs de pierre avec ses façades reconstruites et ses ruelles étroites – rue du Chat-qui-Danse, du Pélicot, du Gras-Mollet, rue du Sans-Pareil : des noms si pittoresques qu'on les aurait volontiers crus imaginés pour les touristes quand les plus récents avaient huit siècles.

La vieille ville surgit soudain au détour de la chaussée du Sillon, avec sa tour crénelée où était fiché le drapeau rouge et bleu orné d'une hermine.

— Vous avez vu ? C'est la seule mairie de France où le drapeau local dépasse le drapeau français !

Le chauffeur, débonnaire, lui jetait des regards amusés. Elle hocha la tête, elle savait, merci… Elle connaissait l'histoire de la république autoproclamée, « Ni français, ni breton, malouin suis », l'inflexible fierté de ceux qui étaient nés là. Fils de pêcheurs, de marins, d'armateurs : c'était le même orgueil, pudique mais tenace. Le taxi se gara devant la porte Saint-Vincent – trop compliqué d'entrer intra-muros, la circulation y est impossible, la faute aux touristes –, déposa sa valise, lui souhaita un bon séjour – vous verrez, au soleil c'est magnifique. Elle remercia et s'engouffra sous les armes de la ville gravées au-dessus de la porte Saint-Vincent tandis que la voiture s'éloignait vers les quais.

Pierre Le Guellec vivait de l'autre côté de la ville, porte de Dinan, fenêtres ouvertes sur le port et la cité d'Aleth. Elle décida d'éviter la rue principale bordée de commerces touristiques, emprunta l'escalier de la porte Saint-Thomas qui menait aux remparts. En haut, le vent soufflait fort mais le spectacle était grandiose. Nul visiteur ne pouvait se soustraire à l'émerveillement qu'imposait le panorama : d'un côté le Sillon étendait paresseusement sa plage de sable, de l'autre Dinard exposait ses orgueilleuses villas, et çà et là, posés comme des jalons de l'histoire dans la mer d'émeraude, les rochers, les îles, les forts, les éclats de l'antique gloire marine fichés dans les flots. Sur la pointe occidentale du Grand Bé, la croix de la tombe de Chateaubriand s'élevait face à la mer selon ses dernières volontés. Marie inspira à pleins poumons. Un regret la saisit à l'idée de s'enfermer dans l'appartement enfumé de l'écrivain quand le spectacle invitait à larguer les amarres, prendre le large. Elle se pencha par-dessus les créneaux ; en bas, des genêts giflaient des rochers escarpés. Pour dissiper son vertige, elle ferma les yeux, tenta de visualiser ce qui allait suivre – une idée de son psychologue pour mieux appréhender ce qu'elle devait faire et dissiper ces vagues d'anxiété qui la paralysaient depuis quelques mois, sans qu'elle pût dire pourquoi. Un pas après l'autre, c'était l'idée. Décomposer les actions à faire pour ne pas les subir, les visualiser pour les envisager avec sérénité. Elle passa en revue les étapes à venir. L'arrivée dans l'hôtel d'armateur, le vestibule de marbre, immense avec sa rose des vents et ses meubles d'acajou, l'odeur de salpêtre et d'encaustique, les degrés de l'escalier de granit, et puis la porte qu'il viendrait ouvrir d'un pas lent, un peu dépenaillé, l'odeur de tabac, sa pipe toujours allumée, son bon sourire, vous avez fait bon voyage, vos joues sont fraîches, du calme, Silver, veux-tu laisser Marie tranquille, entrez, entrez, Marie. Ils dîneraient ensemble, boiraient à son succès – le Nobel, tout de même ! –, elle irait se coucher de bonne heure : il faudrait se lever à l'aube pour l'accompagner à Rennes, l'avion pour Stockholm était à sept heures, oui j'ai votre passeport. Ensuite, cinq jours à tuer par-dessus les remparts, à promener le chien, à regarder au journal télévisé la remise du prix Nobel, lui, un peu emprunté dans son smoking, Béatrice, euphorique, radieuse au premier rang, Brodin fils, satisfait, applaudissant d'un air entendu, c'est une immense satisfaction pour la maison, le livre n'est pas mort, la littérature française, etc.

Elle n'était pas mécontente d'assister à tout cela de loin. De s'enfermer dans la citadelle de pierre, à juste distance des agitations du monde. Des remparts, un chien, des livres : c'était assez pour faire sécession. À Béatrice qui s'était inquiétée de sa solitude, elle avait assuré qu'au contraire, ça lui ferait du bien. Elle allait pouvoir se reposer. Depuis un an, deux peut-être, elle sentait une grande lassitude que les vacances ne dissipaient pas. Des crises d'angoisse la prenaient, sans raison, sans crier gare, qui la laissaient épuisée, sans joie et sans énergie. Elle avançait lentement sur le chemin de ronde, elle n'était pas pressée malgré le crachin qui tombait, pénétrait son manteau et frisait ses cheveux. Soudain son téléphone vibra au fond de sa poche, un message de son père, rédigé comme un télégramme d'après-guerre. *Merci de m'avoir prévenu – suis bien occupé avec le bateau – bon séjour – Papa. PS : Couvre-toi, ils prévoient de la pluie.*

Elle haussa les épaules. Sans blague.

2

8 décembre, matin

Mais le lendemain il faisait beau. Le ciel tendait au-dessus de la ville une voile d'un bleu électrique que déchirait le vol des goélands. Un soleil d'hiver perçait les créneaux et allumait le gris des fortifications. Quand Marie rentra de l'aéroport de Rennes, la ville avait perdu son air triste et solitaire. Elle n'était pas gaie pour autant : ce mot n'avait jamais été associé au vaisseau de pierre – trop de danger, de menaces, des siècles à se méfier de l'ennemi anglais, à quelques tirs de canons des remparts, pour finir, un soir d'août 1944 ensevelie sous un déluge de bombes et d'obus américains : de quoi vous ôter l'envie de rire. L'insouciance et les plaisirs, c'était bon pour l'autre côté de la Rance, dans les villages de pêcheurs que la mode des bains de mer avait transformés en villégiatures au siècle dernier. Dinard, Saint-Lunaire, Saint-Cast étaient les filles du second Empire qui les avait vues naître et les avait dotées de tout l'attirail nécessaire : casino, villas extravagantes et promenade du Clair de Lune. La fête impériale version

Dames de la côte. À Saint-Malo, pas de gaieté mais une fierté secrète et silencieuse. La ville avait la dignité des gueules cassées : elle affichait un visage ravagé, reconstruit, suturé des cicatrices grossières de l'après-guerre. Marie gara la vieille R5 au pied des remparts et passa la porte de Dinan pour rejoindre l'hôtel d'armateur. Dans l'ombre du vestibule de marbre, une femme en clair-obscur époussetait les boîtes aux lettres.

— Alors, m'sieur Le Guellec est parti à Stockholm, c'est ça ?

Marie hocha la tête, il y sera à midi. La femme soupira.

— Eh bien… pourvu que ça ne nous attire pas de journalistes par ici, poursuivit l'autre d'un air vaguement méfiant.

Ailleurs, on se serait réjoui d'avoir une célébrité dans son immeuble, on se serait plu à raconter des anecdotes aux curieux, des souvenirs, des confidences. Pas ici. Derrière ses remparts, la ville cultivait le goût du secret et de l'indépendance. D'ailleurs, l'écrivain avait tout dit dans ses livres, pas vrai ? Marie hocha la tête. De fait, Pierre Le Guellec était un homme dont la vie se confondait avec l'œuvre, et chacun chez Brodin louait cette « cohérence » comme si c'était une qualité de puiser dans sa vie la matière des livres qui vous en détournent, mieux : une vertu.

— Vous travaillez ici ?

— Je suis la gérante du magasin de souvenirs. Le Corsaire Plage, expliqua la femme en désignant d'un coup de menton le pas de porte qui faisait l'angle de l'immeuble. Je m'appelle Claire Gauthier.

Derrière la vitrine, des mouettes en peluche côtoyaient des Bécassines en chiffon, des couteaux, des bouteilles de sable, des bouées en plastique tandis que des tee-shirts aux couleurs criardes proclamaient qu'il faisait toujours beau à Saint-Malo.

— Je suis fermée en décembre… enfin jusqu'aux vacances de Noël. Alors, j'ai le temps de m'occuper des parties communes, déclara-t-elle en passant son chiffon sur la rambarde en fer forgé. Je fais office de concierge, comme on dit. J'ai même les clefs des appartements du troisième, les locations pour les vacanciers. Je gère les départs des uns, les arrivées des autres. En échange, monsieur Le Guellec me fait une ristourne sur le loyer.

L'attachée de presse hocha la tête. Elle devinait que, pour la femme, cette présentation succincte valait confidence. Il fallait lui rendre la pareille.

— Je suis Marie Rivalain, je garde Silver pendant le voyage de monsieur Le Guellec.

— Ah… ça c'est une bonne nouvelle ! Parce que, en l'absence de son maître, on peut dire que le chien fait du boucan… Remarquez, c'est pas moi que ça dérange, j'adore les bêtes. J'avais un basset autrefois, une bête adorable. Mais c'est à cause de ceux du second, vous savez… les Rennais.

— Non, je ne sais pas…

— Mais si ! Monsieur Le Guellec a dû vous en parler. Ils s'appellent Jaouen. Lui est un industriel de Rennes qui a fait fortune dans le café. Ils viennent là le week-end, parfois aux vacances… Ils ont complètement refait l'étage. Mais ça ne leur suffit pas : ils rêvent de racheter l'immeuble ! Je me demande bien pourquoi… C'est grand, les murs suintent l'humidité… et ces plafonds, ajouta-t-elle en agitant son chiffon vers la voûte du vestibule. Impossible de chauffer une baraque avec des dimensions comme celles-là… Moi c'est bien simple, dans mon appartement, j'ai fait poser un faux plafond. Hop ! un mètre en moins. Ça a l'air de rien mais je fais de sacrées économies… Et puis de l'espace au-dessus de la tête, à quoi ça sert, hein ? Je mesure un mètre cinquante-cinq, c'est vous dire que j'ai pas besoin de cette hauteur, vrai ou pas vrai ?

En l'absence de réponse, la vendeuse du Corsaire Plage développa son raisonnement. Pour elle, c'était tout bonnement incompréhensible. Avec leur fortune, les Jaouen auraient pu se faire construire une villa moderne sur la côte à Rothéneuf ou Saint-Lunaire… Ils n'auraient plus été embêtés par les chiens ou les gamins des voisins. Mais le type était féru d'histoire. Un admirateur de Surcouf qu'il tenait pour un modèle d'audace… Il disait qu'il venait ici pour « capter les bonnes ondes corsaires »… en attendant de pouvoir racheter l'immeuble…

Racheter l'immeuble ? Il n'en était plus question à présent. Marie devina la déception des locataires quand ils avaient appris que Le Guellec allait recevoir le prix Nobel. Près de huit cent mille euros. Avec une telle somme, il pourrait mettre tout ce monde-là dehors, l'industriel de Rennes, sa femme, la vendeuse du Corsaire Plage et les vacanciers du troisième. Elle était un peu déçue de découvrir qu'il y avait tant de monde autour d'elle. Dans les étages au-dessus, en dessous, tous ces gens reliés par les mêmes canalisations, des fils électriques, des chaînes invisibles. Elle s'était figuré l'appartement de Le Guellec comme une sorte de vigie isolée, un lieu à part, protégé du siècle par les remparts. Chez lui, elle avait toujours eu l'impression qu'ils étaient seuls. Elle se découvrait soudain cernée par les mêmes mesquineries de voisinage qu'à Montrouge, dans l'immeuble neuf où elle avait emménagé deux ans auparavant pour entendre les réunions du syndic débiter les mêmes rengaines : les chiens, les enfants, les boîtes aux lettres... Il n'y avait donc aucun lieu pour prendre congé du monde ? Son estomac se serra, elle sentit son cœur accélérer, ses mains devenir moites – les signes avant-coureurs de ses crises d'angoisse. Elle murmura quelques formules de politesse et s'éloigna. Derrière la porte du premier, Silver pleurait. Elle saisit sa laisse, l'attrapa à l'encolure, c'est bon, c'est bon, on va se promener.

Sur la plage du Môle le chien retrouva sa vigueur, bondissant devant elle, courant, se roulant dans le sable encore mouillé. Une joie organique, primitive. On aurait dit qu'il devinait que ce territoire était celui de sa race, marqué par des siècles d'occupation canine, quand les dogues affamés sortaient après Noguette, l'heure du couvre-feu, pour dévorer les voleurs qui rôdaient trop près des bateaux. Un soleil éblouissant faisait briller la mer. Au loin, on apercevait les voiles brunes des bateaux de pêche et la plage du Prieuré de Dinard, désertée en ce mois de décembre. Elle s'adossa aux rochers et ferma les yeux. À vrai dire, elle était soulagée d'avoir trouvé cette échappatoire, elle n'était pas pressée de rentrer dans l'appartement vide, d'y mettre de l'ordre, de lire le manuscrit qu'il avait laissé à son intention – si cela peut vous distraire. Elle devinait quelle pression allait s'exercer pour la sortie de ce nouveau roman, maintenant que le Nobel était décerné. Il faudrait passer le texte au peigne fin, au tamis des opinions autorisées, vérifier que rien, dans l'expression des idées, des mots employés, ne puisse heurter les sensibilités des lecteurs. C'était l'effet Nobel. Dès lors qu'un écrivain était couronné, on demandait son opinion sur tout, on scrutait ses réactions, on jugeait ses positions. Il incarnait malgré lui une autorité qui le dépassait. Comment Le Guellec y ferait-il face ? Sa modestie naturelle autant qu'une vague misanthropie s'accommoderaient mal de cette sacralisation un peu factice. Il l'aborderait sans doute avec désinvolture, un peu d'humour et, comme tout ce qui le touchait, beaucoup d'élégance. Élégance… Évidemment, pour tous ceux qui avaient côtoyé cet homme bourru, bottes de mousquetaire, cheveux décoiffés par les vents, barbe rongée de sel, caban raidi par la mer, le mot ferait sourire. C'était pourtant celui qui lui convenait le mieux. Ou même : distinction. Il n'était pas un écrivain comme les autres. Un parmi tant d'autres. Quand elle l'avait connu, vingt ans auparavant, ils étaient encore quelques-uns, un maquis secret dont les membres disséminés restaient unis par une certaine idée de la littérature, une poche de résistance contre la vulgarité de ce que l'on appelait « le marché du livre » – vaste foire où chacun tapait du pied et jouait des coudes pour imposer sur les étals son « produit ». Le métier avait changé. Marie, qui avait assisté à ce long glissement insensible, pouvait le mesurer à son carnet d'adresses. Entre les noms des écrivains qui s'effaçaient au gré des obsèques s'étaient glissés ceux des footballeurs, des jeunes arrogants qui avaient fait fortune sur les réseaux – youtubeurs, instagrameuses en mules Chanel –, des stars égocentrées, des politiques repentis. Avec eux, son travail avait pris un nouveau visage. Fini les longues conversations téléphoniques, les cafés du boulevard Saint-Germain, le temps étiré des rencontres sur les banquettes cramoisies des vieilles brasseries. Les nouveaux auteurs voulaient du rapide, du concret, des résultats. Ils ne répondaient pas toujours à ses messages, l'appelaient parfois le dimanche, exigeaient une télévision, une interview, la couverture d'un magazine, c'est votre boulot, non ? Elle tempérait leurs colères, passait leurs caprices, consolait leurs déceptions, épongeait leur amertume. Elle avalait des couleuvres. Pierre Le Guellec lui offrait du miel. Avec lui, c'était toujours, passé le seuil de son caractère taciturne, la même amabilité, les expressions exquises, vaguement désuètes, et cette attention à l'autre qui était la marque d'un temps donné, jamais perdu. Il disait *je ne vous dérange pas ?, à Dieu vat, haut les cœurs, tant s'en faut, je vous en prie, hélas, volontiers, c'est épatant.* Il pensait que c'était mieux avant mais avait la délicatesse de ne jamais le professer. Il fuyait l'emphase, la forfanterie, les déclarations pédantes, les assertions définitives. C'était un seigneur, dont la simplicité était noble et émouvante. Ils se vouvoyaient toujours. Dans le cloaque des médiocrités éditoriales, il était un rempart à la vulgarité rampante, la survivance d'un monde très ancien, tel qu'elle se le figurait quand elle était entrée dans le métier et qu'elle imaginait les écrivains d'après l'iconographie de ses manuels scolaires, photographies en noir et blanc, Aragon facétieux en costard, Gide le front trop lourd dans la main, Druon battu par les vents, Malraux fumant ses inquiétudes, Nimier gueule d'acteur et chat sur l'épaule. Cravates, rides, cigarettes : c'était la panoplie de son panthéon littéraire. Le Guellec y ajoutait le charme puissant de ses origines bretonnes. Descendant d'une longue lignée de terre-neuvas, il avait le visage buriné de ces pêcheurs de morue, les yeux clairs, les pommettes hautes. La littérature ne l'avait pas policé. Elle l'avait happé comme une vague et déposé sur les plages du monde éditorial où il avait échoué, Robinson surpris d'une terre nouvelle dont il découvrait les codes qu'il n'assimilerait jamais.

Le chien revint vers elle, quêta des caresses, une attention. Elle plongea ses doigts gourds dans les poils collés de sable, sentit la vie tiède et frémissante sous le pelage mouillé. Elle aurait dû jeter une balle, un bâton, courir à ses côtés, mais elle n'avait pas le cœur à jouer. L'idée même de mouvement la terrassait de fatigue et d'ennui. Au loin, un homme avançait en claudiquant vers le môle des Noires, accompagné d'un gros chien qui semblait régler son pas sur celui de l'infirme. Au sol, leurs ombres se rejoignaient jusqu'à se confondre.

Sans qu'elle puisse expliquer pourquoi, cette image la bouleversa. Rentrons, lança-t-elle à Silver en prenant le chemin des remparts.

Dans l'appartement, le silence était épais, comme dans une base arrière. L'odeur du tabac froid se mêlait à celle du salpêtre, des livres anciens, des couvertures de cuir. Elle saisit les deux verres sur la table basse près de la bouteille de rhum vide, les tasses de café abandonnées sur la cheminée et se dirigea vers la cuisine, minuscule pièce reléguée au fond du corridor, carrelage vieillot, gazinière rouillée et ballon d'eau chaude suspendu. Au-dessus de l'évier où coulait un filet d'eau tiède, sa solitude lui sauta au visage et elle sentit les larmes lui venir. Elle tenta de faire diversion, alluma la radio mais l'éteignit aussitôt, agressée par les rires d'un animateur trop débonnaire. Elle se dirigea vers le bureau pour y mettre un peu d'ordre. Les meubles étaient massifs, de bois foncé, surtout du Louis-Philippe acheté aux enchères. On se cognait partout. Au sol, sur des tapis aux couleurs passées, des piles de livres s'élevaient, monticules fragiles qui entravaient sa marche et menaçaient de s'effondrer. Silver s'était assoupi au pied du fauteuil de son maître, un vieux cabriolet en velours lie-de-vin. Elle vida le cendrier, jeta les feuilles froissées, les cartouches vides, les mouchoirs usagés. Elle saisit la pipe d'écume brisée, recollée, fragile entre ses doigts qui tremblaient un peu. Elle pensait à ces dossiers d'été dans les magazines littéraires, ces hors-séries sur les maisons d'écrivain, où, de Combray à Nohant, un journaliste tentait de restituer « l'esprit des lieux », vantait la vue sur la campagne, la bibliothèque, le bureau savamment mis en scène – plumes taillées, encre sépia, cendrier. Elle-même avait cédé parfois à la tentation du pèlerinage littéraire qu'on effectue un roman à la main – circuit Mauriac en Gironde, Giono en Provence, Proust à Combray. Mais elle savait le mensonge de ces lieux paisibles, inspirés, où l'encre semblait couler comme une source docile et intarissable. Où l'on ne devinait ni la sueur, ni la fatigue, ni les défaites. Comme si le bureau d'un écrivain n'était pas d'abord le lieu de la lutte, l'arène d'un combat permanent contre le doute, l'inutile, la faiblesse, la lâcheté, la paresse. Le désespoir. « *E io sol uno m'apparecchiava a sostener la guerra* » : cette citation de l'*Enfer* de Dante, Le Guellec l'avait affichée au-dessus de son bureau. « Et moi solitaire, je m'apprêtais à soutenir la guerre ». Quand elle l'avait interrogé sur le sens de cette phrase, il avait plissé les yeux, deux fentes où perçait le regard lointain de ceux qui ont longtemps servi sous les drapeaux. C'est ainsi qu'il se retranchait dans son for intérieur, là où elle ne pouvait le rejoindre mais où elle savait qu'il avait la vie dure. « Toute création est une guerre solitaire », répondait-il avec cette pudeur des vieux soldats. On était loin des plumes bien taillées sur le secrétaire ciré du château des Mauriac.

Tandis qu'elle dépoussiérait le meuble, son téléphone vibra. Sur l'écran, le numéro de l'écrivain s'afficha, suivi d'un rectangle vert où l'on pouvait lire : *Bien arrivé à Stockholm. Encore merci pour ce matin. Bon séjour à Saint-Malo. Amitiés à*

Silver. Je vous embrasse, PLG. Ce message lui retourna le cœur. Instinctivement, comme pour se consoler de la peine qui montait, elle attrapa délicatement la pipe d'écume et porta son bec à ses lèvres. Elle sentait sous sa langue l'empreinte de ses dents sur l'ébonite du tuyau mais c'était son souffle qu'elle recherchait tandis qu'elle inspirait à pleins poumons dans l'objet. Elle fermait les yeux, rien ne venait qu'un résidu de tabac froid. Alors, soudain rompue, elle s'affaissa sur le fauteuil de velours, sa tête tomba entre ses bras croisés sur le bureau et, comme un écolier que l'on a puni, elle se mit à sangloter sans que Silver ne lève la tête.

3

8 décembre, soir

Ce fut Béatrice qui la réveilla, vers dix-huit heures. Le téléphone vibrait sur le tapis, l'écran blanc jetait sur le plafond une lumière irréelle, comme les phares d'une voiture immobile. Elle décrocha le cœur battant, l'esprit confus, encore ensommeillé.

— Marie, tu as des nouvelles de Pierre ?

— Non… pourquoi ?

— Pas de message ?

— Si, à son arrivée, vers midi.

— Qu'est-ce qu'il te disait ?

Au bout du fil, la voix était inquiète, saccadée.

— Rien… qu'il était bien arrivé à Stockholm, qu'il me souhaitait un bon séjour… quelque chose comme ça…

Marie essayait de rassembler ses souvenirs de la matinée, elle cherchait ses mots. Sa bouche était sèche, ses bras ankylosés. Elle se frotta le front. Elle s'était endormie sur le bureau, la tête entre ses bras, et il faisait nuit à présent. Silver n'était plus là. Elle chercha à tâtons un interrupteur, parvint à allumer une vieille lampe de bureau à ressort qui dessina un halo blanc sur le bureau comme on éclaire une scène de crime.

— Que se passe-t-il ? demanda-t-elle dans un bâillement.

— Il n'est pas à Stockholm, tout le monde le cherche, ici.

— Je ne comprends pas...

— Une délégation officielle de la Fondation Nobel l'attendait à l'aéroport à midi. Ils ne l'ont jamais vu. Je viens d'avoir Anna Peterson qui est en charge de l'accueil des lauréats, ils sont en panique. Tu es sûre qu'il est monté dans l'avion ?

Marie se redressa, alluma une cigarette. À nouveau, son regard se fixait sur la pipe d'écume recollée sur laquelle la lampe jetait une clarté blanche d'une aveuglante fixité.

— Je l'ai laissé aux contrôles, je ne l'ai pas vu monter dans l'avion. Mais j'imagine que c'est le genre de chose qu'on peut vérifier facilement... ajouta-t-elle en ouvrant la fenêtre.

Un air frais chargé des odeurs de varech s'engouffra dans la pièce. La marée était haute. Derrière les murailles on devinait les vagues qui se fracassaient obstinément contre les remparts.

— Pour l'instant, on aimerait éviter que ça s'ébruite. Je prends l'avion pour Stockholm demain matin avec Alexandre. On avisera avec le comité suédois... En espérant évidemment qu'on retrouve la trace de Pierre d'ici là. Mais si les journalistes l'apprennent, ça risque de tout compliquer. Comment était-il ce matin ?

— Comment ça ?

— Quand tu l'as accompagné, est-ce qu'il t'a paru distrait, perturbé ?

— Hein ? Mais pas du tout ! Il était comme d'habitude, très calme, flegmatique. On a plaisanté un peu.

— Il t'a parlé ? Je veux dire, est-ce que la conversation que vous avez eue dans la voiture t'a semblé… cohérente ?

Marie soupira. Il lui déplaisait que Béatrice emploie ce ton inquisiteur.

— Tu sais, il était six heures… on avait bu pas mal de coups la veille. Mettons que ce fut plutôt silencieux.

— Mais silencieux… comme toujours avec lui, ou différemment ?

— Je ne sais pas… comme d'habitude, oui.

— Il t'a semblé qu'il avait l'intention de s'y rendre… je veux dire… de réellement rejoindre Stockholm pour assister à la cérémonie ?

— Je n'ai jamais imaginé qu'il pouvait avoir d'autres projets… à quoi penses-tu ?

— Je ne sais pas… je me demande s'il n'aurait pas fui l'événement.

— Et renoncé aux huit millions de couronnes suédoises ?

— Tu sais comme moi qu'il ne court pas après la fortune.

— Peut-être, mais il a des dettes et des locataires qu'il ficherait volontiers dehors pour reprendre possession de son hôtel…

— Alors tu penses qu'il n'aurait pas pu fuir ?

— Ça me semble improbable…

Elle repensait à la location du smoking, aux chaussures bien cirées. Au discours qu'il avait imprimé avant de partir – elle avait eu beau lui assurer qu'il était enregistré sur son téléphone, il ne jurait que par la forme matérielle du papier. Pourquoi aurait-il joué cette comédie ?

— S'il avait renoncé au prix, il l'aurait dit dès la proclamation des lauréats, assura-t-elle. Sartre ne s'en était pas privé.

— Peut-être a-t-il changé d'avis… Ou bien il a voulu mettre en scène sa disparition… en romancier.

— Tu sais comme moi que ce n'est pas son genre. D'ailleurs, s'il souhaitait faire un coup d'éclat, il aurait attendu le soir de la remise. Disparaître après la proclamation et avant le gala, c'est soit trop tôt, soit trop tard, ajouta-t-elle en écrasant son mégot.

Elle ne parvenait pas à s'inquiéter. Peut-être parce qu'elle était vidée par les émotions de la nuit, peut-être parce qu'elle vivait chez lui, peut-être parce qu'elle était la dernière à l'avoir vu… il lui semblait qu'il existait entre eux une complicité secrète, qu'elle devait le couvrir. Ou le défendre. Mais de quoi ?

— Ecoute, si tu reçois quoi que ce soit, un appel, un message, n'importe quoi… préviens-moi tout de suite. Son téléphone ne répond pas.

Un instant elle fut touchée par le ton anxieux de Béatrice. C'était donc si grave ? Un écrivain qui s'enfuit pour échapper à tout ce cirque, la presse, les petits-fours, les smokings et les discours… cela ressemblait plutôt à une facétie, la plaisanterie d'un homme qui n'était pas dupe. Pour les Éditions Brodin, évidemment c'était une mauvaise nouvelle. Elle pensa aux bandeaux imprimés *Prix Nobel de Littérature*, des mètres de ruban rouge, destinés à ceinturer les romans de Pierre Le Guellec pour mieux les propulser en tête des ventes. Et puis le calendrier était parfait, il y avait les fêtes, ces idées de cadeaux convenus, ces réclames faciles, offrez le Nobel à Noël ! Comme si elle devinait sa pensée, Béatrice précisa :

— Je ne pense pas à la boîte, tu sais. Je m'inquiète vraiment pour lui…

— Je sais… mais je crois qu'il ne faut pas.

À cet instant précis, s'il s'était présenté sur le seuil de l'appartement, avec ses bottes et son caban, sa pipe vissée à la bouche, acclamé par Silver, elle n'aurait pas été plus surprise que ça. Même, il lui semblait que c'était exactement ce qui allait se passer, dès qu'elle aurait raccroché. Il lui aurait adressé un clin d'œil, peut-être posé un doigt sur sa bouche, chut, ne dites rien… laissons-les chercher quelques jours, voulez-vous ? Un sourire aux lèvres, il emplirait deux verres de vieux rhum. Ils trinqueraient à cette bonne blague, cette farce bon enfant, et riraient en écoutant les infos, le ton contristé du journaliste « toujours sans nouvelles de l'écrivain ».

Silver avait quitté le bureau, il devait à cet instant guetter les pas de son maître dans l'escalier. Elle entendait ses gémissements, des soupirs plaintifs.

— Je te laisse… souffla-t-elle. Je dois m'occuper du chien.

— Attends… Marie, écoute… je déteste te demander cela mais c'est important… tu as le code de son ordinateur ?

Il suffisait qu'elle levât les yeux pour rencontrer, punaisés sur le mur face à elle, des bouts de papier où des combinaisons de chiffres avaient été tracées au feutre noir : le code de l'ordinateur y était inscrit noir sur blanc, à côté du code bancaire et du mot de passe qu'il employait, toujours le même, Silver35.

— Tu veux que je fouille dans ses affaires ? Tu plaisantes ?

— Pas du tout. Je voudrais que tu retrouves son discours de réception, et que tu me l'envoies. Qu'on sache s'il avait préparé quelque chose, si c'était dans ses intentions d'y aller.

— Qu'est-ce que ça changerait ?

— Tout. S'il comptait disparaître, c'est son droit le plus absolu. Mais s'il voulait vraiment se rendre à cette cérémonie et qu'il n'y est pas, alors on peut tout imaginer… et peut-être faudra-t-il signaler sa disparition au consulat…

Silence. Des images surgissaient dans la pénombre du bureau, des affiches placardées sauvagement sur les poteaux électriques, la devanture d'une station-service. Et ces mots relayés par la télévision, les journaux – alerte enlèvement, disparition inquiétante, si vous avez la moindre information, contactez le… (numéro vert). On en était déjà là ?

— … d'autant que, depuis deux mois, Pierre Le Guellec représente beaucoup d'argent, précisa l'éditrice.

— Hum…

À nouveau, elle tendit l'oreille pour deviner la clef qui tournait dans la serrure de l'entrée. Elle craignait de le rater.

— Je te tiens au courant… finit-elle par murmurer avant de raccrocher.

Elle se dirigea vers l'entrée, ne fut pas surprise d'y trouver Silver, les yeux levés vers la porte, comme s'il attendait un miracle ou le retour de son maître. Ce qui était exactement la même chose.

4

9 décembre

Le discours était tout à fait clair, sans équivoque. Aucune déclaration tonitruante, ni confession, ni recommandation testamentaire. Pierre Le Guellec disait avec simplicité et modestie sa joie de recevoir un prix si prestigieux. Ce que cela signifiait pour lui, fils d'une famille de pêcheurs sur dix générations, qui ne savaient ni lire ni écrire et avaient passé leur existence battus par les vents, les corps secoués de tempêtes, brisés sur les écueils de Terre-Neuve, à pêcher la morue sept mois par an. Il disait l'attente muette des femmes, les processions du départ, le silence du retour, la neige et l'humidité. Il disait les doris qui ne revenaient jamais, les naufrages et les crevasses, les capitaines taciturnes et les mousses de douze ans, les doigts gelés, mangés par le sel, enfouis dans la chair grisâtre des poissons. À quatorze ans, son père l'avait fait embarquer avec lui sur le *Victor-Pleven*, le dernier terre-neuvas, pour son ultime course. Une expérience fondatrice : « Pour la première fois, je me confrontais à l'absolu. Je ne devais plus jamais l'oublier. » Écrivain, il s'inscrivait dans cette grande famille des forçats de la mer, ne parlait ni de rupture ni de transfuge de classe, ces mots à la mode qui lui faisaient horreur. Il disait au contraire qu'il fallait une longue lignée de héros pour accoucher d'un barde qui célèbre leurs exploits, que leurs existences douloureuses enflammaient la sienne, qu'il prenait sa place dans cette procession lente des travailleurs de la mer car il écrivait sous les mêmes étoiles, face aux mêmes vagues. La mer avait façonné son œuvre dont elle nourrissait l'imaginaire, elle en polissait les contours, la mer tour à tour effrayante et maternelle, ombrageuse et attirante, la mer pourvoyeuse d'infini dans nos existences bornées. Il finissait en remerciant les Éditions Brodin, évoquait en particulier le souvenir de Brodin père, dit l'Amiral, qui l'avait fait monter sur le grand vaisseau de la littérature pour une traversée pleine de vertiges et de ravissements, à l'heure où l'on démantelait dans le port de Saint-Malo le dernier chalutier de la course à la morue.

— Que vas-tu en faire ? demanda Marie à Béatrice lorsque celle-ci accusa réception du texte le lendemain matin.

L'éditrice venait d'arriver à Stockholm avec le directeur des Éditions Brodin. Pierre n'était nulle part. Son téléphone ne répondait toujours pas.

— Le transmettre à Alexandre. Si jamais Pierre ne revient pas, c'est lui qui lira le discours en recevant le prix. On a rencontré le comité d'organisation. On s'est mis d'accord sur la version à servir aux journalistes. Le Guellec aura eu une indisposition l'empêchant de se rendre à la cérémonie.

— Alors le prix sera remis quand même ?

— Dans les textes, rien ne s'y oppose.

Un temps. Pensaient-elles à la même chose ? Béatrice n'était pas du genre à éviter les questions douloureuses.

— Même si Pierre était mort, ça ne changerait rien.

— Je croyais qu'on ne pouvait pas remettre un prix Nobel à titre posthume.

— Effectivement. Mais c'est la date de l'élection qui compte, non celle de la remise officielle. Or il y a deux mois que l'Académie suédoise a rendu son verdict. Et à ce moment-là, Pierre était avec nous.

— Que dit Alexandre ?

— Il est atterré, tu t'en doutes... Vingt ans que son père attendait ça et au moment du sacre, il n'y a plus personne. Bon, je te laisse, on a rendez-vous avec le consulat français pour décider de la suite. Marie ?

— Oui ?

— Pierre prenait-il des médicaments ?

— Je ne sais pas...

— Il faudrait que tu le saches. Regarde dans sa salle de bains, sa pharmacie... peut-être sa table de nuit.

Elle voulut protester. Plus pour la forme, par rejet instinctif du rôle qu'on voulait lui attribuer. Mais déjà elle ne le pouvait plus. Elle était passée de l'autre côté. N'avait-elle pas fait sauter la première digue en acceptant d'entrer dans l'ordinateur de Pierre, en en fouillant la mémoire jusque tard au milieu de la nuit ? Elle gardait des souvenirs confus, vaguement hallucinés des heures qu'elle avait passées dans le bureau, comme dans la cabine d'un capitaine, la tête du chien sur ses genoux, éclairée par la surface de l'écran dont la lumière blême trouait l'obscurité. Elle avait navigué des heures entre les manuscrits, les documents, les discours, les articles, avait exploré la grotte obscure des projets, une expédition fascinée et brouillonne dans la genèse de l'œuvre, des romans à venir, des bribes d'idées, des esquisses de personnages. Elle avait lu des mails – courriers de lectrices, relances du comptable, sollicitations diverses, *mon manuscrit, si vous aviez l'obligeance de le lire, ne pourra que vous plaire*... Elle en avait émergé un peu groggy, un peu aveuglée, comme on remonte des profondeurs, sans bien savoir, au juste, ce qu'on a vu et ce qu'on a imaginé. Ce qui lui était apparu, c'est que Pierre Le Guellec n'avait nullement l'intention de disparaître. Du moins, pas l'intention de cesser d'écrire – ce sont deux choses différentes, avait fait remarquer Béatrice.

Elle chercherait dans la table de nuit, examinerait les ordonnances.

— Pour lancer des recherches, il faut qu'une disparition soit jugée inquiétante, précisa l'éditrice. Si on arrive à prouver que Pierre avait des problèmes de santé, un traitement, alors peut-être...

Elle abdiquait. Elle regarderait, promis.

— C'est dans son intérêt, insista l'autre.

Elle raccrocha et, immédiatement, ressentit l'envie de sortir.

Le ciel était d'un bleu uni avec seulement une brume très légère, presque lumineuse à l'horizon. L'eau s'était retirée loin, découvrant des galets, des roches couvertes d'une épaisse couche d'algues vertes. Seul un joggeur sur les remparts brouillait l'harmonie de ce paysage d'aquarelle par un maillot aux couleurs criardes. Elle se dirigea vers la digue qui étirait la ville vers le sud, comme un bras tendu vers Dinard par-delà la Rance.

— Alors, je ne vous avais pas dit que c'était mieux sous le soleil ?

Elle fit volte-face. C'était l'homme du taxi, veste de cuir et bottes de pêcheur. Il avançait vers elle, l'air visiblement content de la revoir.

— L'autre jour, quand je vous ai ramenée de la gare, vous vous souvenez ?

Elle se souvenait très bien. Mais cette rencontre lui semblait déjà lointaine, comme rejetée dans une autre vie, au-delà d'une digue qu'elle ne pourrait plus jamais franchir.

— Avouez qu'on ne trouve pas un soleil aussi pur à Paris !

Elle ne savait que répondre. Elle opina du chef, ramassa un bâton qu'elle lança à Silver pour se donner une contenance.

— Il est à vous, ce chien ?

— Non… je ne fais que le garder.

— Ah ?

Il semblait déçu qu'elle ne saisisse pas cette occasion de bavarder. Les chiens, pour qui les possède, sont comme les enfants un sujet de discussion inépuisable.

— Ça doit pas être de tout repos de s'occuper d'une bête pareille.

— C'est un terre-neuve.

— Ah… Je pêche, précisa-t-il, en montrant d'un coup de menton sa ligne qui barrait la vue sur Dinard. À cette période de l'année, on fait parfois de belles prises…

Elle se demanda si l'expression était à double sens mais il n'y avait nulle malice dans ses yeux. C'était le genre d'homme qui ne s'occupait que d'un sujet à la fois et était incapable de sous-entendus. Sans qu'elle pût dire pourquoi, cela la soulagea de le découvrir. Sans doute à cause de l'appel de Béatrice, ses allusions voilées, ses sous-entendus dont elle gardait une impression de malaise diffus.

— Je vais vers le phare, déclara-t-elle en désignant l'extrémité de la digue.

— Je peux vous accompagner ?

— Et votre ligne ?

— Bah, les poissons attendront !

Il lui emboîta le pas.

— Savez-vous pourquoi on appelle cet endroit le môle des Noires ?

Elle secoua la tête. Elle le devinait heureux de lui apprendre quelque chose et ne voulait pas ternir sa joie, sa fierté évidente d'être d'*ici*, l'inextinguible orgueil de la race bretonne.

— On dit que c'est ici que les veuves de marins venaient dans l'espoir de voir revenir leurs maris disparus. Comme elles étaient habillées de noir…

Marie ferma les yeux. Ce mot, d*isparu*, tombait en elle lourdement, comme une pierre au fond d'un puits. L'autre continuait.

— Dans le temps, on ne ramenait pas les corps, vous savez… Ceux qui mouraient à bord étaient jetés à l'eau dans un sac de toile lesté de pierres, hop là (il mimait), plouf, rien d'autre qu'une prière, et encore, quand y avait un curé dans l'équipage…

Le corps, le curé, le sac de toile… en fermant les yeux elle voyait sous les vagues le vaste cimetière des naufragés, les corps sans sépulture, les squelettes où passaient les poissons, les os où s'emmêlaient les algues noires. Pour faire diversion, elle demanda :

— Vous êtes d'une famille de marins ?

— Un peu, oui. Plusieurs générations. Avec des exceptions, bien sûr. Mon grand-père disait qu'il avait fait plusieurs fois le tour du monde, mais c'était exagéré. Mon père était mécanicien sur les ferries entre ici et Jersey, ajouta-t-il avec un geste vague en direction du port.

— Et vous ?

— Je ne suis pas un aventurier. L'été j'assure les liaisons entre Saint-Malo et Dinard, la Compagnie Corsaire, vous voyez ?

Elle secoua la tête.

— Départ de la cale de Dinan, arrivée cale Corsaire. Dix minutes par temps calme. L'hiver je fais le taxi entre la gare et l'Intra-Muros. Notez que l'univers s'est drôlement restreint depuis trois générations.

Elle sourit. Ils étaient arrivés à l'extrémité du môle. De l'autre côté du barrage, Dinard exhibait ses palmiers, ses villas à encorbellement, la séduction de sa ligne Belle Époque. Il lui sembla que tout ce qui lui lestait le cœur aurait fondu sur ces plages-là, si elle avait pu passer la Rance et rejoindre la rive riante de la station balnéaire. Atteindre l'insouciance interdite. Mais elle se sentait empêchée, prisonnière de la ville corsaire, de son granit rugueux, de l'âpreté de son histoire. De Pierre Le Guellec. Elle lui souhaita une bonne journée avant de faire demi-tour, en direction des remparts. Silver courait devant. Elle ne voyait plus le phare mais devinait sa présence dans son dos et, autour de lui, toutes les ombres endeuillées des femmes de marins. Il lui sembla qu'elle était escortée de ces silhouettes noires, qu'elle se mêlait à leur funèbre pèlerinage et s'y intégrait parfaitement.

5

9 décembre, après-midi

Le cabinet était très sombre. Situé au rez-de-chaussée d'un immeuble qui datait de la reconstruction, il était coincé entre deux autres bâtiments aux façades grises que des gouttières délabrées tachaient de fonte rouillée. En levant les yeux au-delà des huit étages quadrillés par d'étroites fenêtres, on apercevait un coin de ciel mais il semblait que le puits formé était trop étroit pour que ses rayons puissent jamais y descendre.

Marie avait obtenu un rendez-vous chez le docteur Prigent pour l'après-midi même. Elle avait évoqué des palpitations, une sensation d'étouffement. Ce n'était pas vraiment mentir. Maintenant, elle était assise de l'autre côté d'un bureau de chêne sombre, encombré de paperasse, de stylos, devant les gadgets offerts par les laboratoires médicaux – estomac miniature, seringue factice, cœur de plastique tous ventricules dehors, exhibant ses artères rouge sang. Une odeur de tabac froid, que la fenêtre ouverte ne parvenait pas à dissiper, laissait deviner que le médecin n'appliquait pas à lui-même les consignes contre le tabagisme affichées en salle d'attente. Elle se demandait à quoi pouvait ressembler la patientèle d'une ville corsaire, quelles pathologies se soignaient entre ces murs. Elle imaginait des cirrhoses, du scorbut, les maladies ordinaires des marins aux foies gavés de biscuits secs et d'alcool. Des maladies vénériennes aussi, rapportées des bordels d'outre-mer, Tunis, Bangkok, Rio. Le docteur était un homme sec, le corps maigre et long caché dans une blouse plus très blanche, le visage jaune sous les cheveux gris. Elle avoua : elle n'était pas là pour elle mais pour Pierre Le Guellec. Le médecin ne semblait ni choqué ni surpris. Il l'observa avec attention puis, après un silence :

— Vous êtes de la famille ?

— Non, je suis son attachée de presse. Mais nous sommes très proches. J'habite chez lui en ce moment… je garde son chien, précisa-t-elle comme si cette charge valait adoubement.

— Écoutez, le secret médical…

— Je sais… Mais il est possible que monsieur Le Guellec soit en danger… aussi ce que je vous demande est d'une extrême importance. Il a disparu il y a vingt-quatre heures… personne ne sait où il se trouve. Pour qu'une disparition donne lieu à une enquête…

— … il faut qu'elle soit jugée inquiétante, compléta le docteur. Ne vous fatiguez pas, je connais le refrain. On aimerait tous croire qu'un disparu est forcément dépressif, cardiaque ou amnésique. Ce n'est pas nouveau… J'exerce ce métier depuis plus de quarante ans, mon père l'exerçait avant moi… Combien de femmes de marins préfèrent imaginer leur époux au fond de l'eau, terrassé par quelque infarctus, plutôt que d'admettre qu'il est parti s'installer aux îles auprès d'une indigène ?

Marie haussa les épaules. Le discours semblait celui d'un autre siècle, quand on pouvait encore disparaître sur une île déserte sans laisser de traces. Elle sentait chez le médecin une résistance très forte, comme si elle s'était cognée à un bloc de granit. Ce n'était pas seulement le secret médical, c'était autre chose, plus tenace, une sorte de pacte tacite qui aurait été scellé avant les événements. Comme si ces questions étaient attendues, comme si les réponses avaient été préparées. D'où lui venait cette impression ? Peut-être du visage impassible du docteur, son regard fixe derrière ses lunettes cerclées de fer, ses doigts longs qui pianotaient sur le bureau avec régularité mais sans impatience. Elle protesta.

— Ça n'a rien à voir… Je serais la première à me réjouir pour Le Guellec si j'étais sûre qu'il était aux Antilles sur une plage de sable blanc… Écoutez, je le connais bien.

Avait-il souri ? Il lui semblait que ses lèvres avaient eu un mouvement ironique mais le rictus avait glissé si vite qu'elle n'en était pas sûre. Elle se reprit :

— Je veux dire que nous avons passé du temps ensemble, nous étions… des amis. J'ai fait quelques séjours à Saint-Malo. J'ai parfois fait des commissions pour lui, des petites choses, le teinturier, la pharmacie… Je sais qu'il prenait des médicaments. Or, je n'ai rien trouvé chez lui. Ni dans la salle de bains, ni dans la table de nuit. Pas une boîte, pas une ordonnance, rien... seulement un pilulier. Vide. Connaissez-vous, docteur, un homme qui, à plus de soixante-quinze ans, vive sans avoir chez lui ne serait-ce qu'un tube de Gaviscon ?

— J'en connais des tas.

Un bloc de granit. Elle en revenait toujours à cette image. Il lui semblait qu'elle butait sur sa résistance comme les vagues sur les remparts. Mais ce fut lui qui revint vers elle.

— N'avez-vous pas pensé qu'il avait pu emporter avec lui ses médicaments ?

— Mais lesquels ? C'est ça que j'aimerais savoir...

— Je ne vois pas très bien en quoi ça vous avancerait...

— S'il perdait la mémoire... S'il pouvait être sujet à des idées noires...

— Écoutez... je crois que vous connaissez les écrivains mieux que moi. Loin de moi l'idée de faire d'eux des dépressifs qui s'ignorent mais enfin soyons sérieux... J'imagine qu'un homme qui fait le choix de s'enfermer, seul, des journées entières, dans le silence de son appartement pour écrire des livres dont il ignore qu'ils seront lus un jour n'est pas exactement ce qu'on appelle un être optimiste ou sociable. Sinon, il irait pêcher ou taperait la belote au bistrot...

Il la regardait avec insistance, en hochant la tête. Puis, soudainement, il eut un geste vague.

— ... mais Pierre n'a aucune tendance suicidaire, si c'est votre question...

C'était sa question.

— Vous n'avez pas répondu pour la mémoire.

— Je n'en ai pas le droit.

Le ton de sa réponse était définitif. Elle leva les yeux sur lui. Il manipulait à présent le cœur de plastique, avec une certaine nervosité. Ses doigts jaunis par la nicotine appuyaient sur les artères en caoutchouc qui se redressaient d'un bond pour reprendre leur forme initiale dans un léger couinement.

— Ce que je me demande, c'est si monsieur Le Guellec a pu oublier sa destination au cours de son voyage… s'il a pu se perdre à l'aéroport… est-ce qu'il présentait… je ne sais pas… des trous de mémoire ? un début d'Alzheimer ?

Elle avait retourné cette question toute la journée, mobilisant sa propre mémoire à la recherche d'indices. C'était l'explication la plus probable. Bien sûr, il arrivait à Le Guellec d'oublier son portefeuille, un rendez-vous, un mail qu'il ne se souvenait pas d'avoir lu. Mais elle avait mis les défaillances de sa mémoire sur le compte de son âge et du faible intérêt qu'il portait à la vie extérieure. Y avait-il autre chose ? Les prémices d'une sénilité précoce ? Elle ne pouvait imaginer que ce fût le cas quand toute son œuvre au contraire, et jusqu'à ses derniers romans, montrait une justesse de style, une précision lexicale, une qualité de nuance incompatible avec ce grand brouillard où se dissolvait l'intelligence. Le médecin se leva, et elle fut surprise de le trouver encore plus grand qu'elle l'avait cru en l'observant derrière son bureau. Par mimétisme, elle se leva aussi. Ne venait-il pas de lui signifier, en se dirigeant vers la porte dont il tenait déjà la poignée, que l'entretien était terminé ?

— Vous savez, on se connaît forcément bien dans une petite ville comme la nôtre, plus encore quand celle-ci est cernée de remparts, séparée du monde. L'écrivain, le notaire, le médecin, le prêtre… c'est la compagnie ordinaire des cercles de province. Je suis l'ami de Pierre Le Guellec. Naturellement, j'ignore où il est, mais il me semble qu'un homme comme lui, assez bourru, assez misanthrope, ne devait pas s'accommoder si facilement de ces remises de prix… ce grand cirque compassé du Nobel… D'ailleurs, cet Alfred Nobel…

Elle sentit qu'il avait soudain envie de parler, de partager peut-être ce que Pierre lui avait confié sur le sujet.

— Qu'un type ait eu à cœur d'en récompenser d'autres après une vie employée à fabriquer des armes et de la dynamite, ça le regarde. Notez qu'à mes yeux, ça ressemble plus à un rêve mégalomane, vaguement teinté de remords…

Il en parlait avec une sorte de dédain amusé, comme Pierre. D'ailleurs, il utilisait les mêmes expressions, « mégalomane », « grand cirque »… Elle devinait qu'ils avaient ri ensemble de cette cérémonie un peu dérisoire qu'on aurait crue issue d'un conte, avec son faste désuet, son roi, sa reine… Un soir de boisson, ils avaient peut-être même joué la scène. Le médecin, imitant le souverain suédois, avait remis à son ami une médaille factice – une capsule de bière, le bouchon d'un tube de Doliprane – et l'écrivain avait fait la révérence en pouffant de rire, merci, Votre Altesse royale !

— Évidemment, chacun est libre de dépenser son héritage comme il le souhaite… reprit le docteur Prigent. Mais demander à un Malouin qui a pêché la morue sur le dernier terre-neuvas d'aller faire des courbettes dans les salons de l'Académie suédoise…

Il n'acheva pas sa phrase. Un instant plus tard, la porte se referma brusquement et, sans même avoir réglé le prix de la consultation, elle se retrouva hors de l'immeuble où Silver l'attendait.

Elle grimpa les marches qui menaient au bastion de la Hollande et s'assit sur un banc, face à la statue de Jacques Cartier. Le vent s'était levé et des nuages blancs couraient maintenant sur le bleu tendu du ciel. Les mots du docteur l'obsédaient, « ce grand cirque compassé », « les salons de l'Académie suédoise »… pas tant les mots que la voix, le ton, le regard et, sans qu'elle sût pourquoi, ce cœur de plastique rouge, avec ces tiges élastiques qui surgissaient du muscle. Que dirait-elle à Béatrice ? Son imagination cavalait, elle se figurait le médecin injectant une dose mortelle à son ami, à sa demande. Le Guellec aurait découvert une maladie dégénérative et supplié le docteur de l'aider à disparaître. Elle se souvenait d'une histoire semblable dans un vieux Maigret, d'un corps nu, plié en deux, trouvé par la femme de ménage dans le cabinet d'un médecin mondain du boulevard Haussmann.

Elle soupira. Le docteur ne lui avait rien appris, elle ne savait rien de plus, mais elle avait franchi un seuil. Sans le vouloir vraiment, elle avait commencé l'enquête dont Béatrice l'avait chargée. Et maintenant cette recherche s'étalait comme de l'encre sur un buvard, elle développait ses ramifications dans les recoins de son imagination. Ce serait désormais le cours ordinaire de ses pensées : chercher les raisons que Pierre Le Guellec avait de disparaître. Ou qu'on le fasse disparaître. Interroger le médecin, mais aussi les voisins, vérifier le courrier, les mails. Toutes ces démarches étaient inutiles, évidemment, mais elle les accomplirait quand même. Il fallait donner à Béatrice des explications, ou du moins des suppositions. Trouver des raisons plausibles, des indices. Bref : enquêter. Elle s'étonnait de la facilité avec laquelle elle avait accepté ce rôle qui lui répugnait encore la veille. Le médecin avait dû voir en elle une employée soucieuse de sauver les intérêts de la maison Brodin. Mais elle était mue par autre chose, une curiosité un peu douloureuse, un désir en forme de regret, celui de mieux le connaître, d'approcher son mystère, au-delà de ce qu'il avait donné à voir. À Saint-Malo, toute la vie de Le Guellec se trouvait à portée de main. Il était partout, sur les remparts, dans les ruelles, les tempêtes, les paroles du docteur, les prières des veuves du môle, la perspective de Dinard, sa douceur interdite… Tandis qu'on s'agitait inutilement dans les bureaux de la maison Brodin à Paris, dans les salons de l'ambassade de Stockholm, elle se trouvait sur ses terres, dans son royaume. C'était son privilège : personne n'était si près de lui. Et pourtant, à mesure qu'elle marchait dans ses pas, il lui semblait qu'il s'éloignait, que sa silhouette devenait plus floue, plus imprécise. Et elle pensait à ce jeu de son enfance où l'on guidait celui qui cherchait à coups de « tu chauffes », « tu brûles »… Elle ne devait plus être très loin, car son souvenir la brûlait comme un feu trop vif, attisé par son absence.

6

9 décembre, soir

Que savait-elle, au fond, de Pierre Le Guellec ? Elle avait l'impression d'être proche de lui, de le comprendre, mais sa connaissance objective de l'homme se résumait à quelques éléments biographiques. Ce que les autres savaient, ce qu'il avait bien voulu en dire dans ses œuvres et dans les rares interviews qu'il accordait à la presse – une par an, pas davantage. Soit : ses ancêtres les marins, son père noyé au large de Terre-Neuve, le premier voyage à l'âge de quatorze ans, le premier roman, le succès, les prix littéraires, l'hôtel de Surcouf, le travail et la mer, l'un et l'autre toujours recommencés. La légende, en somme. Pour le reste, il y avait quelques photos au salon et dans le bureau, son père en vareuse, le visage mangé de sel, sur le pont du bateau, des enfants en blouses noires, air crâne et regards francs, sur un chalutier – des frères, des cousins ? –, la grand-mère, coiffe bretonne et yeux marine, mains qui tricotent. Un fils aussi, né d'un premier mariage avec une fille de Dinan, parti depuis aux USA. Sur une photo dans un vieux cadre en bois, on le voyait, sourire blanc et cravate rouge, la main passée autour de la taille d'une jeune Coréenne en baskets. Quelles étaient leurs relations ? Se voyaient-ils ? Était-il seulement au courant pour le Nobel ? Fallait-il l'appeler ? Comment le joindre ? Elle croyait se souvenir qu'il travaillait à la Silicon Valley, ingénieur ou chef de projet… Dans le salon désert, Marie examinait les pêle-mêle jaunis, où quelques photomatons en noir et blanc, coincés dans les angles, laissaient voir des visages féminins qu'elle ne connaissait pas. Elle savait qu'il avait eu après son divorce d'autres amours, une journaliste, une libraire de Rennes, quelques lectrices qui lui écrivaient qu'elles passaient leurs vacances à Saint-Malo, connaissez-vous la plage de Bon Secours ? Une navigatrice célèbre qui avait eu sa photo dans les magazines. Mais Marie était incapable de dire si ces histoires avaient duré, si elles avaient eu une fin, ou si, simplement, elles restaient de l'autre côté des remparts, le jour où il rentrait pour écrire, dans la solitude de sa retraite malouine. Un soir, en parlant de Silver, il lui avait dit que le chien était le seul être avec qui l'affection augmentait à mesure que durait la vie commune. Elle était à nouveau célibataire après six ans d'une relation compliquée, elle avait approuvé. Ce qui était certain, c'est qu'il n'avait pas manifesté le désir d'être accompagné, ni à Stockholm, ni ailleurs. Elle ne lui posait d'ailleurs jamais la question. Il était acquis qu'il était célibataire. Pourquoi ? Peut-être parce que sa stature d'écrivain solitaire s'accommodait mal d'une présence féminine. Parce qu'elle le voyait comme on voit un père, avec cette pudeur qui occultait toute vie amoureuse et sexuelle. Parce que son œuvre était essentiellement virile et que les femmes y avaient une place subalterne – on le lui avait assez reproché. Elle avait encore en tête le souvenir de quelques courriers agressifs de militantes féministes dénonçant sa vision passéiste de la société – les hommes en mer, les femmes dans les usines de conserves. Des lettres qu'on s'était fait passer en haussant les épaules, en ricanant – c'est pour quand *La Vieille Femme et la mer* ? On avait épargné à Le Guellec ces courriers pleins d'animosité et on avait confié à Marie le soin d'envoyer une réponse adéquate ménageant les susceptibilités paritaires.

Elle ouvrit la fenêtre pour entendre la mer. La nuit était tombée sur la ville. Derrière les remparts, le port allumait ses quais, de grands hangars dressaient leurs façades de tôle où s'entassaient les marchandises. De fausses lucarnes jaunes en trompe-l'œil trouaient l'obscurité et donnaient au paysage l'air d'un décor de film noir. De grands jets de vapeur montaient dans le ciel de carbone où ils s'effilochaient en petites fumées. Un crachin tombait, perceptible seulement sous les lampadaires qui irisaient les gouttes d'eau. Son téléphone sonna. C'était Béatrice.

— Alors, le médecin ?

— Rien de plus. Il n'avait, apparemment, aucune pathologie.

— À près de quatre-vingts ans ? Avec ce qu'il fumait ? Tu plaisantes ?

— Non… Enfin le docteur, lui, n'avait pas l'air de plaisanter.

— Comment t'a-t-il semblé ?

— Étrange… enfin, un type d'ici, quoi.

— C'est-à-dire ?

— Ils ont tous un peu ce profil. Le genre taiseux. Il m'a paru soucieux de m'écarter du dossier.

— Ah ! Tu vois…

— Je ne vois rien du tout justement, c'est bien le problème.

Pendant quelques secondes elles restèrent muettes.

— Et vous ? Ça avance à Stockholm ?

— Au point mort. Aucun appel, rien. Le consulat a demandé à avoir le relevé des opérations bancaires. C'est obligatoire pour pouvoir qualifier la disparition d'inquiétante et diligenter une enquête policière. Mais la procédure est longue… Il avait du liquide sur lui ?

— Je ne sais pas. Il a toujours quelques billets…

Toujours cette réticence à en dire davantage. Cette main invisible sur sa bouche qui lui demandait de se taire, d'où venait-elle ? Pourtant elle savait très bien ce qu'il en était, depuis ce soir d'été où il avait voulu l'inviter à la crêperie Le Corps de Garde – il ne dînait jamais dehors mais les placards étaient vides et elle avait envie de galettes. Elle se souvenait de sa surprise quand elle l'avait vu rapporter de la cave une bouteille poussiéreuse fermée d'un bouchon cacheté à la cire. « Un excellent cru ! » avait-il précisé en désignant les billets de banque roulés très serré à l'intérieur. Sous ses yeux ahuris, il avait alors saisi un sabre d'abordage accroché au mur et, d'un geste un peu théâtral, il avait sabré la bouteille. Le bouchon de cire rouge avait sauté et une liasse de billets était apparue par le col ébréché. Comme elle s'étonnait de cette épargne liquide, il lui avait expliqué que sa famille faisait ça depuis toujours. Rozenn Le Guellec, quand son mari rentrait d'expédition, passait ses journées à la cave. Un bâton de cire rouge à la main, elle mettait en bouteilles des litres de billets, elle appelait ça la cuvée de l'année. Pierre Le Guellec avait gardé cette habitude. Il avait un compte en banque mais se servait de sa carte avec réticence. Ses droits d'auteur finissaient dans des bouteilles dont l'étiquette portait le nom du cru, c'est-à-dire les titres de ses romans. Les virements, les paiements à distance, toute cette vie virtuelle de l'argent invisible était incompatible avec ses gènes de marin, cette vie très concrète passée en mer, les pieds arrimés sur le pont, à vous prendre des paquets d'eau salée, à fouiller les entrailles des morues, à combattre les vents. Du solide. Pour faire diversion, elle demanda :

— Tu connaissais son fils ?

— Erwan ? Personne ne l'a jamais vu. Pierre n'en parlait presque jamais. Il est aux États-Unis, chef de projet à Seattle ou San Francisco.

Les yeux de Marie se posèrent sur la photo avec la Coréenne.

— Il faudrait le joindre…

— Tu t'en occupes ?

— Je n'ai pas son numéro.

— Tu le trouveras... Pierre était bien le genre à avoir un carnet d'adresses, non ?

Oui, c'était son genre. Quand elle raccrocha, elle sentit un grand froid dans sa poitrine. Pour la première fois, elles avaient parlé de lui au passé. Dehors, la pluie continuait de tomber dans l'atmosphère irréelle des quais obscurcis. Elle vérifia son téléphone sans savoir ce qu'elle espérait vraiment. Trouver un message de son père, ou du docteur. Mais les derniers messages provenaient d'expéditeurs anonymes et l'informaient de soldes, promotions, cadeaux reçus, STOP au 36107, et soudain au milieu de ce forum marchand, celui de Pierre s'afficha : *Bien arrivé à Stockholm. Encore merci pour ce matin. Bon séjour à Saint-Malo. Amitiés à Silver. Je vous embrasse, PLG.* Alors, sans savoir pourquoi, machinalement, elle composa son numéro. Immédiatement, elle tomba sur sa boîte vocale, sa voix familière, chaleureuse quoique grave, un peu éraillée par le tabac, ce ton cavalier, expéditif mais souriant quand même, sa voix qui disait : « Pierre Le Guellec, je ne suis pas là mais je vous rappellerai. Laissez-moi un message. » Elle aurait voulu déposer quelques mots mais ignorait lesquels. Elle aurait voulu lui dire : « Rentrez maintenant, oublions Stockholm et le Nobel, revenez à Saint-Malo, Silver vous attend et il reste du rhum. » Mais elle n'en fit rien. Elle laissa le répondeur dérouler sa bande vierge jusqu'au signal. Puis elle raccrocha. Elle savait qu'il mentait. Il n'était pas là, mais ne rappellerait jamais.

7

10 décembre

La pluie n'avait pas cessé de la nuit. À l'aube, elle tombait encore, fine, pénétrante, délayant le gris des remparts, des façades, donnant à la ville l'aspect d'un lavis triste. Marie s'était levée tôt pour rejoindre discrètement la cave de Le Guellec dont l'accès l'obligeait à traverser le grand vestibule de l'hôtel. La veille, après l'appel passé à Pierre, elle avait voulu s'y rendre mais Silver dormait, elle n'avait pas de lampe torche, le cœur lui avait manqué. Elle s'était levée tôt mais la vendeuse du Corsaire Plage s'était levée plus tôt encore. Elle épongeait l'eau que la large porte en bois vermoulue laissait passer. À ses gestes mécaniques et peu appliqués, aux regards furtifs qu'elle jetait derrière elle, Marie eut l'impression qu'elle l'attendait.

— Alors, c'est vrai ce qu'on dit ? Le Guellec a disparu ?

Cette question qui n'avait été précédée d'aucune formule d'usage tomba au milieu du vestibule comme un lustre décroché. Marie s'arrêta net au milieu de la rose des vents de marbre qui ornait le sol. Alors, tout le monde savait ? Depuis quand ? Par quel canal ?

— C'est-à-dire… on ignore encore ce qui s'est passé. Mais les recherches progressent…

Elle ne savait pas vraiment de quoi elle parlait. De ses propres recherches, sans doute. Car à Stockholm, aucune enquête n'était ouverte, les éléments permettant de conclure à une disparition inquiétante étaient jugés insuffisants. Le consulat, selon Béatrice, temporisait. La police de Stockholm était trop occupée pour s'inquiéter des fugues littéraires d'un auteur à succès. Quant au Comité du Nobel, il s'émouvait de l'absence du lauréat français mais avec une mesure toute scandinave. Comparé aux scandales sexuels qui avaient secoué l'organisation quelques mois plus tôt, cet événement apparaissait comme une noble péripétie, nimbée des voiles mystiques de l'écrivain.

— C'est quand même malheureux. Est-ce que vous croyez que…

Marie l'interrompit brusquement.

— Je ne sais rien.

Mais c'était faux et elles le savaient toutes les deux. La concierge n'avait-elle pas, à l'annonce de la disparition de l'écrivain, affiché un visage impassible qui disait qu'elle était déjà au courant ? Toujours à genoux sur le marbre de l'entrée, elle fixait Marie d'un air incrédule.

— Ce serait bien embêtant tout de même qu'il n'ait pas ce prix… Il a souvent manqué d'argent. On dit que la cérémonie a lieu ce soir ?

— Oui, c'est ce soir. La cérémonie a lieu le jour de l'anniversaire du décès d'Alfred Nobel. Même en l'absence de Pierre, le prix lui reviendra.

— Ah bon ? Et l'argent alors ?

Elle regardait Marie par en dessous avec un air de suspicion. Est-ce qu'elle imaginait que la maison d'édition allait faire main basse sur la fortune de l'écrivain ?

— Si jamais… Enfin, si Pierre Le Guellec ne… la fortune reviendra à son fils, j'imagine.

— Lequel ?

— Il en a plusieurs ?

La vendeuse du Corsaire Plage haussa les épaules et reprit son travail.

— J'en sais rien. Il y a ce qu'on montre et ce qu'on cache… ajouta-t-elle en essorant sa serpillière.

Était-ce une information ? Un indice ? La concierge connaissait-elle des secrets qu'elle ignorait ? Un enfant caché ? Le sien, peut-être ? Elle regarda autrement cette femme agenouillée sur le sol. Elle avait le visage fatigué, les traits durs. Mais les yeux bleus, la taille fine, un reste de coquetterie dans sa mise… elle avait dû être jolie avant… Avant quoi au juste ? Marie pensa alors aux démarches qu'il faudrait entreprendre, au testament, aux héritiers, les indivisions, les quotités… toute cette paperasse exténuante. À partir de quand un héritage revenait-il aux successeurs d'un disparu ? Il faudrait qu'elle rencontre un notaire. Mais dans cette ville qui gardait ses secrets comme autrefois ses trésors, elle devinait qu'elle se heurterait aux mêmes silences que chez le médecin…

— Je vous souhaite une bonne journée… murmura-t-elle en prenant la direction de la cave.

Mais soudain elle fit volte-face.

— Dites, madame Gauthier, vous m'avez dit que vous possédiez les clefs de certains appartements ?

— Absolument. Ceux du troisième, les locations saisonnières de monsieur Le Guellec. Je peux vous les montrer si vous voulez. Enfin un des deux, celui de gauche. Car celui de droite est loué depuis quinze jours, une jeune fille. Seule… on ne la voit pas beaucoup. J'ai aussi celles de l'appartement des Rennais, au second. C'est beau ce qu'ils en ont fait. Avec leur fortune, ça aide…

— Et celui de Pierre Le Guellec ?

— Rien. Il ne me les a jamais données. Notez… je ne lui ai pas demandé. Mais j'y ai pensé souvent. Il s'enfermait toujours de l'intérieur. Imaginez un peu s'il avait eu un pépin et qu'on puisse pas entrer…

Marie hocha la tête.

— Si vous voulez, je peux vous ouvrir l'appartement du troisième, insista la vendeuse du Corsaire Plage. Ça doit pas être gai pour une femme comme vous de vivre chez monsieur Le Guellec, au milieu de tout son… enfin tous ses…

— Vous voulez dire son désordre ? Je croyais que vous n'y entriez jamais ?

— Bah, comme tout le monde j'ai jeté des coups d'œil quand on bavardait sur le palier... c'est normal, quoi ! Un écrivain c'est un homme plein de mystères.

Un homme plein de mystères. Jamais auparavant Marie n'aurait pensé au lauréat du Nobel en ces termes. Au contraire, il lui apparaissait comme le plus simple des auteurs qu'elle suivait. Il était direct, sans fard et sans dissimulation. Il ne jouait pas un rôle, ne s'emberlificotait pas dans toutes ces apparences fumeuses, la posture des jeunes coqs qui pensent que pour vendre leurs romans il faut afficher une panoplie, regard profond, air tourmenté, mise négligée.

— Alors, vous me direz si vous êtes intéressée ? La chambre a la vue sur mer... la salle de bains a été refaite il y a dix ans, l'équipement...

— Je suis très bien dans l'appartement du premier, merci.

Cette fois elle disparut dans l'escalier de la cave sans attendre de protestation. « Un écrivain est un homme plein de mystères », « il y a ce qu'on montre et ce qu'on cache »... Ces mots lui revenaient en tête tandis qu'elle descendait les marches de pierre. L'ampoule éclairait les murs d'une lumière blafarde. Une odeur forte de salpêtre et d'humidité montait des profondeurs. Les caves de l'immeuble s'enfonçaient sur quatre niveaux, comme dans tous ces hôtels d'armateurs où l'on entreposait la marchandise débarquée des navires – barils de porcelaine de Chine, balles d'étoffes indiennes, coffres d'épices. Surcouf, lorsqu'il rentrait de Ceylan ou Pondichéry, y avait entassé ses richesses qu'il revendait à la nuit tombée, tandis que le couvre-feu vidait la ville de ses habitants. Tous les hôtels d'armateurs possédaient une adresse souterraine : après Noguette, on poursuivait les tractations six pieds sous terre, à la chandelle, à l'abri des curieux et des taxes royales. Pierre Le Guellec lui avait souvent répété qu'il rêvait de trouver dans les nombreuses cavités souterraines un coffre de la Compagnie des Indes. Mais il n'y avait plus de trésor dans ces caves que la Révolution avait transformées en prison et la guerre en abris anti-bombes. L'écrivain y avait entreposé les grands crus de ses droits d'auteur, la cuvée *Les Manants de la mer*, la cuvée *Ce qu'il advint des Iroquois*, la cuvée *L'Île interdite*... – la meilleure, celle de l'année du Femina. Tous les trésors rapportés de ses voyages intérieurs, le butin de ses insomnies.

Il n'en restait rien. Des bouteilles vides s'entassaient dans un coin. Sur les rayonnages, on trouvait du vin rouge, quelques bouteilles de blanc, un champagne de 2015. Aucune bouteille de « liquide », comme il appelait son épargne. Elle s'agenouilla et ramassa sur le sol un tesson vert. Certains cassaient leurs tirelires, Le Guellec avait cassé ses bouteilles. Lui, ou un autre. Mais qui ? Et pour quoi faire ? Elle attrapa une bouteille de chardonnay et remonta les escaliers. Devait-elle en informer Béatrice ? Si elle le faisait, nul doute que le consulat français conclurait à une disparition organisée, préparée de longue date. Pierre avait récupéré son liquide pour prendre le large. Il n'y aurait alors aucune recherche, l'affaire serait classée. Disparition non inquiétante, mesdames et messieurs, tout citoyen européen est libre de se déplacer sur le territoire, etc. Au fond, n'était-ce pas ce qu'elle voulait ? ce qu'ils voulaient tous ? Et jusqu'à la maison Brodin qui, passé le choc du Nobel fantôme, saurait organiser une formidable opération de communication autour de l'écrivain disparu. Le La Pérouse de l'édition. Elle voyait les bandeaux rouges qui ceindraient ses romans, *Le Nobel disparu*, *Le Manureva littéraire*. Ainsi naissent les légendes, avec des périphrases.

À peine revenue dans le vestibule que la vestale du Corsaire Plage avait déserté, elle fut avertie par son téléphone qu'on avait cherché à la joindre pendant sa visite souterraine. Un message. C'était la voix de son père. Il décollait dans cinq minutes, pourrait-elle venir le chercher à Rennes ? L'avion atterrissait à 17 h 56. En provenance de Stockholm.

8

10 décembre, soir

Dans la voiture ils avaient peu parlé, quelques considérations vagues, le temps, la fatigue, l'hiver qui s'installait en Suède. Les essuie-glaces balayaient leur silence, découpant par leur incessant va-et-vient leurs visages fatigués, leurs regards fixes ornés de cernes bistre. Elle se tournait parfois vers lui, essayait d'appréhender son nouveau profil glabre. Jean-Jacques Rivalain s'était laissé pousser la barbe en arrivant en Bretagne. C'était une sorte d'armure contre le temps, la pluie, les tempêtes. Mais aussi une façon de s'intégrer dans le gris du paysage breton, de s'y fondre jusqu'à devenir invisible : un autre granit. C'était étrange à présent de l'en voir débarrassé, de retrouver le contact de sa peau nue, comme avant, au temps de l'enfance, quand elle embrassait ses joues imberbes. La pluie n'avait cessé qu'à l'entrée de Saint-Malo, chassée par la marée montante. Tandis qu'ils approchaient des remparts, le soleil était apparu soudain sur le port, embrasant la nuée, irisant de rose la poussière d'eau qui floutait les mâts des bateaux.

Assis dans le salon maintenant, elle en tailleur sur le tapis, lui dans le fauteuil de Pierre, ils regardaient la vapeur s'échapper de leurs tasses de café. Sur la table basse, elle avait jeté les journaux achetés dans le hall de l'aéroport. La disparition de Le Guellec faisait les gros titres. Son portrait – toujours le même cliché, une photo prise il y a deux ans, où il apparaissait en col roulé, cheveux en bataille, pipe vissée à la bouche comme une continuation de lui-même – était barré des mêmes interrogations : *Où est passé le Nobel ? Le Nobel a-t-il disparu ? Disparition de Le Guellec : faut-il s'inquiéter ?* Marie avait beau savoir que la presse s'était jetée sur ce nouvel os à ronger – en ces temps de disette médiatique, l'affaire venait à point nommé –, elle avait eu un mouvement de surprise en découvrant à l'aéroport le visage de l'écrivain placardé chez les marchands de journaux. Son regard clair, facétieux, son sourire énigmatique qui semblait dire « Je vous ai bien eus ».

— Alors, ils savent ? demanda son père en désignant d'un coup de menton les journaux éparpillés.

— J'ai appelé Béatrice hier. Apparemment, c'est Brodin qui aurait lâché l'information à un ami journaliste. L'autre aurait promis de ne rien dire… tu devines la suite.

— M'étonne pas… On est toujours trahi par la presse ! Un ami journaliste, répéta-t-il en secouant la tête. Tssst… à partir du jour où les éditeurs ont laissé les journalistes entrer dans leurs maisons au point d'y être plus nombreux que les écrivains, le ver était dans le fruit…

— Ce n'est pas si simple… on est contents de les trouver pour qu'ils parlent de nos bouquins…

Son père haussa les épaules.

— De quels bouquins ? Puisque ce sont eux qui les écrivent à présent !

Elle ne releva pas. Depuis toujours elle l'avait entendu faire la différence entre les vrais écrivains et les journalistes. Il ne suffisait pas d'écrire dans la presse pour être un romancier, est-ce qu'on imaginerait faire d'un peintre en bâtiment le nouveau Rembrandt ?… Elle connaissait la rengaine et ne voulait pas entamer une discussion. Pour éviter tout débat, elle avala à petites gorgées le café fumant, il se tut et fit de même. Ils étaient comme deux rescapés échoués sur une même plage, un peu groggy, silencieux, unis par le souvenir du naufrage, le soulagement d'en avoir réchappé, l'inquiétude de la suite. Entre eux, immense et inerte, il y avait le corps de Pierre Le Guellec, tel qu'elle l'avait trouvé le jour de son arrivée quand elle avait poussé la porte et découvert sur le sol, la tête contre le parquet, les bras tordus, la pipe d'écume cassée à quelques pouces du visage.

Depuis trois jours qu'elle vivait à Saint-Malo, ce visage la poursuivait sans relâche. Impossible de lui substituer celui qu'elle avait connu. Elle ne parvenait pas à faire coïncider le visage clair des journaux avec celui de ce soir-là, la peau bleuâtre, les yeux vitreux, le sang caillé autour des narines, l'ecchymose sur le front. Elle n'avait pas crié, n'avait pas couvert ses yeux de sa main pour s'empêcher de voir. Elle avait fermé la porte, tourné le verrou. Elle ne voulait pas qu'on sache ni qu'on vienne les déranger. Déjà, elle avait cette certitude qu'il lui demandait de ne rien dire, de garder le secret. De construire sa légende là où sa vie s'était brisée. Elle était sa chargée de communication, non ? Elle se devait de finir le livre sans rien abîmer de l'histoire qu'il construisait depuis des années. Elle devinait derrière la porte la horde des curieux, des journalistes, médecins légistes, policiers, enquêteurs, lecteurs, éditeurs, libraires, tous ceux qui croyaient le connaître et auraient piétiné son travail au nom de la vérité. La vérité, elle la connaissait. Ce n'était pas bon pour les romans.

Qu'avait-elle fait après ? Son premier geste, elle s'en souvenait, fut de ramasser la pipe. Sans doute aurait-elle dû retourner le corps sur le dos, fermer ses yeux, essuyer le sang de son visage – tous ces gestes dont son père se chargerait après, avec beaucoup de délicatesse. Elle, ne pouvait se résoudre à le toucher, l'idée de sentir sa chair froide sous ses doigts lui retournait le cœur. Les soins qu'elle ne pouvait lui donner, elle les prodigua à sa pipe. Elle ramassa les morceaux éparpillés de la tête brisée, le tuyau, le tabac renversé. C'était une pipe d'écume qu'elle ne lui avait jamais vue, une pipe légère, très fragile, qui contrastait avec sa collection rustique de pipes de bruyère qu'il emportait dans ses déplacements. Il devait pourtant l'avoir depuis longtemps, la patine était dorée et l'embout gardait la marque de ses dents. Elle posa sur le bureau les fragments dispersés. Puis, délicatement, elle recomposa la tige. C'était un exercice très minutieux, rendu difficile par la disparition de certains éclats minuscules qui manquaient à l'ensemble. Le travail exigeait d'elle une attention qui la dispensait de penser à ce qui était advenu, ce que son esprit refusait de formuler. Elle fouillait dans les tiroirs du bureau pour trouver de la colle forte. Elle agissait la tête vide, des gestes mécaniques qui disaient qu'elle était en vie malgré le choc, la douleur, le trou qu'elle sentait se creuser dans sa poitrine – un gouffre. Tant que durait ce travail, elle n'avait pas à penser à la suite. Mais les morceaux ne tenaient pas ensemble, ses doigts tremblaient, elle avait des gestes brusques d'impuissance, des découragements, et les larmes qu'elle retenait faisaient danser le puzzle dans un brouillard. À la fin, elle réussit à donner à l'ensemble non pas sa forme originale mais une idée de cette forme. Le foyer d'écume était lézardé, les brisures laissaient perler des gouttes d'une colle jaune séchée. Elle essaya de revisser le tuyau puis posa délicatement l'ensemble sur un morceau de buvard. Elle avait terminé, il lui restait tout à faire. Elle retourna vers l'entrée avec l'espoir que le corps aurait disparu du vestibule. Mais il était toujours là, immense, ses jambes inertes lui barraient la route. Elle ne pouvait partir sans accomplir ce qu'elle avait promis de faire. C'est alors que, perdue, désemparée, elle s'était tournée vers son père, allô papa, j'ai besoin de ton aide.

9

Longtemps, ça avait été le contraire. Fille unique, elle avait appris à prendre soin de lui depuis que sa mère était partie alors qu'elle n'avait pas dix ans, avec un Australien rencontré au cours d'un séminaire professionnel. Dès lors, elle n'avait jamais vécu qu'avec son père. Leur quotidien était paisible et silencieux. On ne voyait jamais personne dans l'appartement de Viroflay, au dernier étage d'un immeuble tout neuf où ils avaient emménagé après le divorce – un lieu neutre, sans souvenirs, avait préconisé la psychologue consultée sur les conseils de l'avocat. Elle préparait le dîner le soir, après les cours, puis l'attendait en regardant la télévision. Il revenait à vélo, depuis Saint-Cloud où se trouvait le siège de sa banque, et demandait invariablement « Rien de neuf au collège ? » avant de se laver les mains en laissant couler l'eau suffisamment fort pour couvrir toute réponse. Les années s'étaient écoulées sans heurt et sans alarme. Elle aimait leur vie à deux, les habitudes qu'ils avaient développées. Le week-end, tandis qu'elle faisait ses devoirs dans sa chambre, il s'enfermait dans la sienne pour avancer son roman. Car Jean-Jacques Rivalain n'était pas seulement cadre dans la banque : il écrivait. Ce n'était pas une vocation, plutôt une obsession, une passion tardive qu'il avait développée après avoir découvert que sa femme avait une liaison. Une façon de la tromper à son tour – elle verrait ce qu'elle allait voir – mais aussi de surprendre son monde, celui de la banque où on le méprisait un peu à cause de son côté laborieux, son imperméable râpé, ses manies – le sel qu'il mettait sur son beurre à la cantine, le couteau qu'il nettoyait avec la mie de son pain, sa manière de séparer les quartiers d'orange – et cette carrière au point mort quand celle des autres s'envolait grâce aux promotions qu'on lui refusait. Il écrivait comme on se venge, avec un courage qui frisait la férocité, en savourant par avance la surprise de ses adversaires. Le divorce avait-il vraiment motivé son entreprise ? À Marie, il affirmait qu'il avait toujours écrit, déjà enfant… Il avait un tas d'idées, des polars surtout. Elle était trop jeune, trop admirative pour deviner que le ferment de ce sursaut se logeait dans des raisons obscures, que lui-même ignorait peut-être ou refusait de s'avouer. Elle passait devant la porte sur la pointe des pieds, déposait sans bruit un café, une bière, s'inquiétait de savoir s'il avançait comme il voulait. Il hochait la tête, ça avance, ça avance, tu verras… Le dos appuyé à la porte de la chambre paternelle, elle trompait son impatience en lisant des romans, attendait patiemment le jour où il aurait fini le sien. Dans les heures les plus euphoriques, elle imaginait un succès de librairie, des traductions, un film et la tête de sa mère, apprenant à Sydney qu'elle avait abandonné un écrivain talentueux pour un surfeur qui vendait du dentifrice. Quand il sortait de son antre à la tombée de la nuit, ils allaient dîner dans le restaurant chinois de la galerie marchande voisine et, devant un canard laqué, il lui racontait l'avancée de son roman qu'elle jugeait à chaque fois passionnant et inventif. Ils ne sortaient presque jamais, ne partaient pas en vacances – sauf l'été où ils passaient une semaine à Trouville, hôtel Flaubert, une pension de famille face à la plage où elle avait appris à nager. Après, elle partait pour l'Australie et s'ennuyait un long mois au bord d'une piscine où son beau-père en maillot organisait des barbecues géants. Sa mère se désespérait de la voir si pâle, si silencieuse, si sérieuse pour son âge, enjoy ! répétait-elle en levant sa caïpirinha avant d'embrasser goulûment son mari. Marie se réfugiait au fond du jardin, à l'ombre d'un grand arbre, vaguement menaçant avec ses branches noueuses. Elle appelait son père en cachette sur le téléphone du surfeur. Elle ne lui disait rien de l'odeur des côtelettes, du ciel trop bleu, des sourires trop blancs. La ligne était mauvaise, elle chuchotait, et ton roman, papa ? ça avance ?

Ça avançait tellement bien qu'un matin de septembre, il lui avait annoncé d'une voix triomphante qu'il avait mis le point final au dernier chapitre. La chasse aux éditeurs avait alors commencé, l'attente, l'impatience, l'excitation des retours, les enveloppes estampillées Gallimard, Grasset… les escaliers montés quatre à quatre, papa, tu as une réponse ! Ouvre-la, moi je ne peux pas. Le canif glissé sous le rabat, les doigts qui tremblent, le cœur qui accélère. Et puis la déception, *nous avons le regret de vous apprendre que votre manuscrit n'a pas su convaincre notre comité/ne correspond pas à notre ligne éditoriale.* Au début, ils en riaient ensemble, elle surtout, quand tous ces nuls verront ton succès… Mais les refus s'étaient enchaînés, les explications plus ou moins confuses ou humiliantes. Après six mois à ce régime, ils n'en riaient plus du tout. Il s'enfermait à nouveau dans sa chambre, voulait tout reprendre depuis le début, en écrire un autre. Il était piqué. Elle préparait son bac. En mars, ils avaient arpenté ensemble les allées du Salon du livre de Paris, convaincus qu'une rencontre de visu avec de potentiels éditeurs favoriserait sa publication. Mais partout on leur avait opposé la même réponse un peu dédaigneuse, envoyez-le donc au service manuscrits. Ce soir-là, les Éditions Brodin fêtaient la signature d'un contrat sur le carré de leur stand. Il y avait du champagne et des petits-fours. Un éditeur parlait avec une fille à la bouche très rouge, perchée sur des escarpins noirs. Quand Jean-Jacques Rivalain s'était approché avec son manuscrit sous le bras, les deux avaient poursuivi leur conversation sans s'apercevoir de sa présence. Il était tout simplement invisible.

À la tombée de la nuit, Marie et son père étaient rentrés en métro convaincus qu'il était impossible de se faire éditer sans avoir un appui dans le milieu. Tandis que lui vitupérait contre un système endogamique trop occupé à orchestrer ses petites combines pour s'apercevoir de son talent, Marie décida qu'elle serait cet appui. Elle se souvenait que l'idée lui était venue entre la Porte de Versailles et Convention, puis s'était affinée tandis qu'ils filaient dans la galerie souterraine, Vaugirard, Volontaires, elle fixait son reflet dans la porte vitrée au logo de la RATP et s'imaginait éditrice, ou attachée de presse, Pasteur, Falguière, c'était le seul moyen : emprunter la petite porte, décrocher un poste chez Brodin pour y apporter les manuscrits de son père. Sur le quai de la gare Montparnasse, tandis qu'ils attendaient en silence le train pour Viroflay, elle avait fait ce serment les yeux fixés sur les rails qui filaient dans la nuit : grâce à elle il serait publié, on reconnaîtrait son talent. Puis, le front appuyé contre la vitre, alors que le train quittait Paris : jusqu'en Australie, je le jure.

Après une école de communication, elle avait obtenu un stage dans une première maison. Puis elle avait décroché un CDI chez Brodin où Françoise, la prêtresse des attachés de presse, l'avait formée au dévouement et à l'abnégation. À cette époque, elle se faisait de son métier une idée où le mérite, la volonté et le courage étaient récompensés. Son père achevait son deuxième roman. Depuis que sa fille avait quitté Viroflay pour s'installer dans un studio à Paris, Jean-Jacques Rivalain s'était remis à l'écriture avec acharnement, et toute la rage accumulée par ses années de désillusions. Chaque fois qu'ils se retrouvaient, le samedi soir, chez le Chinois de la galerie marchande, elle mesurait l'ampleur de son amertume. Il était devenu acerbe, l'interrogeait sur son travail pour mieux en critiquer les ressorts, se moquait des auteurs qui ne la méritaient pas. Elle insistait : donne-moi tes manuscrits, je les transmettrai à Brodin. Il se fâchait, ne voulait pas de passe-droit, n'avait besoin de personne. Il n'était pas un de ces écrivains gommeux, arrivés par piston. Il irait seul, ou pas du tout. Les propositions de la fille blessaient l'orgueil du père, les refus du père humiliaient la fille. Ils se portaient mutuellement des coups qui butaient sur le rempart de leur amour réciproque mais en abîmaient sournoisement les fondations. Un jour qu'elle était passée à l'appartement tandis qu'il était à la banque, elle avait voulu savoir. Elle avait pénétré dans son bureau comme on entre dans un sanctuaire, en retenant son souffle. Elle y avait trouvé le manuscrit, soigneusement relié par des anneaux de plastique, et l'avait immédiatement reconnu : c'était celui qu'il avait imprimé pour le déposer au Salon, le manuscrit des refus et de la honte. Elle s'était assise en tailleur sur le sol. Elle avait lu et elle avait su.

Rien ni personne ne pouvait faire quelque chose pour lui. Les relations n'avaient rien à voir là-dedans. C'était confus, incohérent, embrouillé, bourré de poncifs. Parfois, une formule faisait mouche – souvent en fin de chapitre, comme quand, après avoir frotté longuement deux silex, une étincelle apparaît enfin. Une étincelle, non une flamme. L'espoir était déçu au chapitre suivant. Elle n'eut pas le courage de mener sa lecture à son terme. Il faisait froid dans le bureau, ses jambes étaient engourdies. Elle se leva, elle titubait un peu. Des mots se disputaient sa pensée – « médiocre », « indigeste » –, des remarques entendues chez Brodin où on commentait parfois les manuscrits reçus, où on lisait des passages à voix haute pour rire, attendez un peu, écoutez ça, c'est nul, tu en as vraiment qui ne doutent de rien. Elle tentait de s'en affranchir, refusait de voir le travail de son père avec les yeux du métier, cherchait des arguments à opposer au mépris qui pointait, attends, il a d'autres qualités, il y a du travail, de la volonté. Mais l'admiration filiale s'affaissait sous les coups de boutoir de sa déception. Des souvenirs lui revenaient, le Salon du livre, les enveloppes qu'elle lui apportait le cœur battant. Un jour, il avait reçu plusieurs appels d'un numéro inconnu qui n'avait pas laissé de message, ils avaient imaginé un éditeur soucieux de s'adresser directement à l'auteur, il avait rappelé : c'était une agence d'assurances qui proposait des contrats spécial seniors. Elle reposa soigneusement le manuscrit à sa place, devina d'autres exemplaires – tous ceux qu'il réclamait aux éditeurs quand on lui opposait un refus, joignant systématiquement une enveloppe timbrée pour un retour, toujours sa vieille méfiance, et s'ils me piquaient mon idée, hein ? Mais qui aurait pu vouloir d'un pareil scénario ? Elle quitta le bureau. Elle revit les journées passées à l'attendre, les heures adossées à la porte. Alors c'était ça qui se tramait de l'autre côté, ces week-ends entiers où il refusait d'aller au parc, au cinéma à cause d'un chapitre à finir ? Et elle qui patientait, respectueuse, admirative, veillant à ce que rien ne le dérange. Les derniers bastions de son estime tombaient, des pans entiers arrachés à son adolescence qui laissaient voir un grand vide.

Après ce jour, plus rien n'avait été pareil. Elle feignait d'avoir oublié qu'il écrivait, lui n'en parlait plus. Le silence s'installait entre eux, les dîners se firent plus rares, du reste le Chinois avait mis la clef sous la porte après une inspection sanitaire. Le soir de son départ en retraite, Jean-Jacques Rivalain avait acheté du mousseux et des cacahuètes. Quelques collègues étaient venus trinquer dans l'appartement à sa vie nouvelle. On lui avait remis une enveloppe, on avait réclamé un discours, non, non, il détestait parler en public.

— Alors dis-nous au moins ce que tu vas faire maintenant !

Marie avait baissé la tête, horriblement gênée, priant pour qu'il ne révèle pas ses projets littéraires à d'autres qu'elle. Elle devinait ce qui suivrait, redoutait déjà les immanquables questions : De quoi ça parle ? Quand est-ce qu'on le lira, ton bouquin ? Lis-nous au moins le premier chapitre, oui, le chapitre ! le chapitre ! C'est là qu'il avait annoncé, d'une voix atone :

— Je vais m'installer en Bretagne. J'achèterai un voilier, j'irai naviguer.

On l'avait félicité, applaudi – il avait bien raison, si on ne réalise pas ses rêves à soixante-cinq ans, alors quand, hein ? Et puis la Bretagne, on dira ce qu'on voudra, c'est superbe. Marie avait relevé la tête. Elle avait trinqué, à la retraite, au bateau, à la Bretagne ! Ce soir-là, elle avait compris qu'il avait renoncé, peut-être depuis plus longtemps qu'elle ne le pensait. C'en était fini des manuscrits reliés de boudins de plastique, de l'attente et des refus, elle n'aurait plus à porter le poids de ses échecs. Une page se tournait mais elle ne savait pas si elle en éprouvait du soulagement ou du chagrin, car cette page c'était aussi celle de leur rêve commun. Toute leur vie s'était cristallisée autour de cette grande ambition avortée. Que leur resterait-il à partager ? Elle se sentait comme un soldat démobilisé, désœuvré après une grande défaite. Leur revanche n'aurait pas lieu. Sa mère ne saurait jamais quel homme elle avait quitté.

10

10 décembre, soir

C'est lui qui proposa de regarder les infos. Elle en fut surprise. Elle n'avait jamais remarqué qu'il y avait une télévision dans le salon de Pierre Le Guellec. À des détails comme celui-ci, elle réalisait que l'appartement de l'écrivain avait toujours été pour elle une thébaïde hors de toute réalité, sans aucune fenêtre qui laissât passer la vulgarité du monde cathodique, sa médiocrité. Son père alluma la première chaîne et immédiatement un gros titre barra l'écran : *Où est Pierre Le Guellec ?* Le présentateur résumait les faits tandis que le visage de l'écrivain s'affichait à sa droite, puis c'était un reportage à Stockholm, une vue de l'aéroport, la Fondation Nobel, une voix off qui exposait les différentes pistes et précisait : « À l'heure qu'il est la police suédoise ne juge pas cette disparition inquiétante. » Marie remplit les tasses de rhum. Gros plan sur l'hôtel de ville de Stockholm, la tour couverte de neige, ses briques rouges, son salon bleu, le roi, la reine habillée comme dans un conte, robe de taffetas rose et diadème en or. La caméra balayait l'assemblée, hommes en queue-de-pie, femmes en fourreau, s'attardait sur une silhouette moulée dans une robe bleu nuit, rouge à lèvres et brushing laqué.

— C'est Béatrice ! souffla Marie.

« En l'absence de l'écrivain breton, c'est donc Alexandre Brodin, directeur de la maison d'édition Brodin, qui se voit remettre le prix attribué à Pierre Le Guellec », commente le reporter tandis que le fils du fondateur se lève, très raide, très cérémonieux, impressionné sans doute par la solennité du moment, le tapis bleu nuit, l'orchestre, les arcades illuminées. Il se courbe devant les souverains, reçoit des mains du roi l'écrin qui contient la médaille d'or à l'effigie d'Alfred Nobel – 23 carats, précise la voix off qui rappelle que la récompense est assortie de huit millions de couronnes suédoises. Est-ce qu'Alexandre se souvient qu'il représente un disparu ? Il semble enivré par son rôle, cherche des yeux les caméras, présente la médaille avec un large sourire. Pour un peu, on dirait qu'il en est l'heureux récipiendaire. L'assemblée semble hésiter, faut-il applaudir ? Le contexte est tragique, rappelle la voix off du commentateur, comme pour inviter Alexandre Brodin à adopter une mine moins réjouie. Mais Marie le connaît, il est ivre de gloire, cette médaille, c'est inespéré pour celui qui vit dans l'ombre de son père que beaucoup regrettent, tous ces partisans de l'ordre ancien, ces nostalgiques du fondateur qui parlent de littérature comme d'une belle disparue, ceux qui lui reprochent, en vrac, d'avoir épousé l'air du temps, d'éditer les joueurs de foot et les influenceuses, d'avoir abandonné la maison historique du VIe pour installer les bureaux dans une tour de la Défense. Tout à coup, Alexandre Brodin la tient, sa légitimité, son autorité, il la tient de cet auteur qui a disparu et lui a laissé sa place, il sort de sa poche un papier qu'il déplie lentement et il exprime sa gratitude, son inquiétude, ses espoirs de retrouver celui que d'aucuns ont surnommé « le dernier des écrivains ». Puis – raclement de gorge, pardonnez mon émotion – il lit le discours de Pierre. C'est troublant d'entendre ces mots dans sa bouche, il dit « je » à sa place, « mes livres » pour évoquer l'œuvre de Pierre, « ma famille » en parlant des terre-neuvas. Le présentateur coupe à « travailleurs de la mer », on n'en saura pas plus, le journal télévisé a des impératifs, il y a les élections, une rupture de stock dans les magasins de jouets, des bergers qui râlent parce qu'on réintroduit des loups dans les Pyrénées, trois moutons dévorés en une nuit. À la fin du journal on rappellera le gros titre de cette édition, Pierre Le Guellec, lauréat du prix Nobel de littérature, a disparu, on verra quelques images du banquet, et Béatrice, les yeux embués face à la caméra : « Pour moi, il est le dernier des écrivains. »

— Elle ne va pas se faire d'amis… commenta Jean-Jacques Rivalain en avalant une gorgée de rhum. Elle se doute de quelque chose ?

Marie haussa les épaules.

— J'ai donné le change. Elle pensait à un trou de mémoire, Alzheimer, quelque chose comme ça… Je suis restée vague mais je ne l'ai pas contredite… je suis même allée voir le médecin pour donner un peu de crédibilité à mon enquête.

— Ça lui a suffi ?

— C'est un os à ronger. Mais elle n'avait pas l'air de vouloir qu'on diligente une enquête. Je crois que la maison Brodin aimerait surtout étouffer l'affaire…

— C'est dans son intérêt.

— Et dans le nôtre.

Silence. Marie éteignit la télévision et le salon replongea dans une semi-obscurité. Elle avait l'impression d'avoir assisté à une pièce de théâtre depuis les coulisses. Les réverbères de la rue jetaient par la fenêtre un éclairage blême, presque lunaire, qui découpait sur le parquet un lac gelé. Silver léchait ses pattes en poussant par moments des soupirs. Elle se laissa tomber dans le canapé en face de son père, enfoncé dans le fauteuil de l'écrivain, le cabriolet lie-de-vin. C'est fou comme il ressemblait à Pierre. Même maintenant qu'il avait rasé sa barbe. En plein jour, elle n'y avait jamais pensé mais là, dans le clair-obscur de l'appartement, cette ressemblance la frappait. De quand datait-elle ? De son installation en Bretagne ? Du jour où il s'était mis à naviguer des heures entières sur la Manche, par tous les temps ? À croire que les hommes lessivés par la mer, burinés par son pouvoir corrosif, essorés par elle, sortaient du grand tambour avec les mêmes yeux délavés, le même air à la fois humble et fier de ceux qui se sont un jour mesurés à plus grand qu'eux. À l'aéroport de Rennes, le jour du départ, ça n'avait pas fait un pli. L'hôtesse avait regardé la photo de Le Guellec, le visage de Rivalain, ses yeux noirs avaient papillonné de l'un à l'autre avant de rendre le passeport, bon voyage, monsieur ! Le soulagement était tel alors que Marie, postée derrière les portes d'embarquement, n'y avait pas réfléchi. C'est après, dans la voiture qui la ramenait à Saint-Malo, qu'elle s'en était étonnée. Tout avait été si facile. À l'heure des caméras, des QR codes et autres reconnaissances faciales, on pouvait encore tromper la vigilance des frontières et voyager sous une autre identité sans éveiller les soupçons. Bien sûr ils avaient des points communs, même stature, mêmes yeux bleus. Et avec une barbe qui vous mange la moitié du visage… Elle se demandait s'il avait éprouvé une satisfaction, même minime, à endosser l'identité d'un écrivain à succès, à être observé discrètement avec considération, admiration même – l'hôtesse de l'air, un passager qui l'aurait désigné à sa rangée d'un coup de menton, vous savez, le Nobel, Le Guellec… il est là, juste devant nous ! Bien sûr, elle n'osait rien demander, vaguement honteuse de cette curiosité qui ressemblait à de la suspicion.

— Du rhum ?

Sans attendre sa réponse, son père vida la bouteille dans son verre. À quoi pensait-il ? Elle le devinait : ils pensaient à la même chose. Il y avait entre eux cette nuit épaisse de mystère, chaque minute de cette nuit qui demandait à être racontée, qui appuyait sur les parois usées de leur conscience. Pour que la vie reprenne, ils le savaient tous les deux, il faudrait d'abord vider cette nuit de son secret, et puis l'empailler de paroles neuves, toutes propres, assez souples pour lui garder son apparence naturelle sans que ni les regrets ni la culpabilité ne viennent la gâter. Mais on ne se livrait pas comme ça à la taxidermie des souvenirs. Il fallait attendre encore, le moment n'était pas venu.

Pour faire diversion elle demanda :

— Ça t'a plu, Stockholm ?

— Je n'ai pas vu grand-chose... la vieille ville, le palais royal. De la neige, partout. Des brise-glaces. Mon hôtel était au bord de l'eau... Chaque jour des bateaux partaient pour des îles.

C'est ça qu'il aurait aimé faire... naviguer dans l'archipel suédois, s'ancrer pour une nuit à Vaxholm, à Bullerö, Sandhamn... Au lieu de quoi il était condamné à l'hôtel où il avait rasé sa barbe et surveillé les journaux, dans l'attente d'un vol pour rentrer à Rennes. Avait-il éprouvé de la peur, des regrets ? Il n'en disait rien mais elle avait deviné son émotion quand ils s'étaient retrouvés à l'aéroport. Dans leur brève étreinte – la première depuis quoi ? des mois, des années ! – il y avait eu du soulagement, bien sûr, mais aussi la volonté d'étouffer leur angoisse, leur tristesse, et sans doute une tendresse nouvelle née de ce qu'ils venaient de vivre, qui les avait changés à jamais.

— Je me demande parfois... si tout cela est réel, si tout a eu lieu.

— Bien sûr que tout est réel. Si tu as besoin de preuves, il te suffira de venir à la maison, d'entrer dans le hangar.

Elle avait dit « J'ai besoin de toi » et il était venu immédiatement sans poser de questions. Il n'avait fait aucune objection, avait accompli ce qu'elle avait demandé, en silence, l'air concentré, entièrement tourné vers son devoir de père. Parfois il avait émis des conseils pratiques, il faudrait rejoindre la Touesse, j'ai un bidon d'essence au garage, prends la bâche, ça passera mieux si on replie les membres. Elle était incapable de réfléchir, elle hochait la tête, elle disait oui, d'accord, tu as raison. Maintenant il y avait ces souvenirs entre eux, ces images qu'ils n'effaceraient jamais, le sable, le vent, les flammes déchirant la nuit. Et l'odeur de pétrole, ses bras autour de ses épaules tandis que le voilier s'embrasait. Elle avait fait ça… Elle avait réellement fait ça, elle qui s'inquiétait toujours de la légalité de ses actes, du moindre écart de conduite. Elle dont le cœur s'emballait à la vue d'un gendarme, d'une contravention, d'un simple poste de police. Peut-être que toutes ses angoisses irraisonnées, sans cause et sans fondement, avaient anticipé cet acte définitif qui couronnait trente-cinq ans d'une vie irréprochable.

Elle alluma une nouvelle cigarette et avoua :

— Il y a quelque chose qui me perturbe… Pierre fermait toujours la porte de l'intérieur. C'était sa façon de s'isoler du monde. Or quand je suis entrée, elle était ouverte. J'ai sonné, ça ne répondait pas. Je n'ai eu qu'à tourner la poignée…

Cette pensée l'avait obsédée au cours des dernières heures. Elle revoyait l'écrivain pousser le verrou dès qu'il était chez lui. Elle se souvenait des minutes passées sur le palier à attendre qu'il vienne lui ouvrir. Elle entendait son pas traînant, Silver qui aboyait, tais-toi le chien.

— Il avait peut-être oublié de fermer le verrou…

— Il n'oubliait jamais. Bien sûr, sur le coup je n'y ai pas prêté attention. Je n'ai pensé à rien… je ne voyais que lui… son corps… C'est après, quand j'y ai repensé. Quand j'ai rejoué la scène. La porte était ouverte.

— Tu ne devrais pas faire ça… Il faut oublier, maintenant.

Elle secoua la tête. Oublier ? Comment le pourrait-elle ? Tout dans cet appartement rappelait ce qui s'était passé cette nuit-là.

— Il y a d'autres éléments troublants…

— Lesquels ?

— Béatrice m'a demandé de vérifier son ordinateur.

Il leva un sourcil.

— Tu l'as fait ?

— Oui, il n'y a rien. Ses manuscrits, son courrier… J'ai fouillé la pharmacie aussi…

— Et ?

— Rien… du Doliprane, de l'éther, un baume pour les contusions. Mais hier, je suis descendue dans la cave. Pierre y entreposait des bouteilles qu'il remplissait de billets, des espèces qu'il retirait à la banque dès qu'il touchait ses droits d'auteur. Il les scellait avec de la cire. Or, il n'y en a plus. Pas une seule bouteille, tu entends ? Et j'ai trouvé des tessons sur le sol.

— Ça ne veut rien dire. Il a pu casser une bouteille par inadvertance. Tu l'as dit à l'éditrice ?

— Béatrice ? Certainement pas. Il ne faut pas que cette disparition soit jugée inquiétante, on s'exposerait à une enquête. Il faut tout faire pour laisser croire qu'il a disparu volontairement…

— As-tu ouvert sa valise ?

La question la surprit. Sa valise ? Non, elle n'y avait même pas pensé. Elle ne pénétrait jamais dans sa chambre. Il préparait ses bagages au dernier moment. Du reste c'était elle qui lui apportait son smoking, ses chaussures ressemelées pour l'occasion, une nouvelle chemise blanche à col cassé… Qu'allait-elle en faire maintenant ? Que penserait-on si on les trouvait dans l'entrée, intacts sous leur cellophane ? Il aurait fallu les brûler, avec le reste.

Elle déclara lentement :

— Papa, je crois que quelqu'un est venu avant nous. Quelqu'un qui a tué Pierre Le Guellec.

Elle venait enfin d'exprimer à voix haute la crainte qui l'obsédait depuis trois jours, celle qui la gardait éveillée la nuit, mais elle n'en éprouvait aucun soulagement. Comme si le poids qui l'oppressait s'était simplement déplacé, qu'il se dilatait à présent dans l'espace confiné du salon. Le chien redressa la tête. Il semblait écouter attentivement ce qui se disait, comme s'il cherchait lui aussi à comprendre l'absence inexplicable de son maître. Elle alluma une autre cigarette, ouvrit la fenêtre. Le cri d'un goéland s'engouffra dans l'appartement. La mer roulait ses eaux gonflées avec un mugissement sinistre. Au clocher de la cathédrale, Noguette sonna. Il était dix heures. Elle souffla un nuage de fumée.

— Naturellement, il aurait fallu l'examiner… Tout est allé trop vite. Le corps, maintenant…

Il devinait ses regrets, les reproches qu'elle s'adressait. Il secoua la tête, c'était trop tard. Pourtant le corps était toujours entre eux et ils se penchaient ensemble au-dessus comme pour une autopsie rétrospective. Pas de sang, pas de balle, pas de trace de lutte ou de strangulation. Alors quoi ? Du poison. Du poison, peut-être… Mais son visage n'aurait pas été celui-là. Les morts aussi grimacent. Or il avait cet air étonné, saisi. Pas douloureux, non. On aurait pu aussi lui injecter une dose mortelle – à nouveau le souvenir du médecin, la seringue en plastique, la piqûre était peut-être dissimulée sous les vêtements… d'ailleurs que portait-il ? Elle ne s'en souvenait pas, lui oui : un pantalon de velours marron, un col roulé bleu nuit. Et si on avait provoqué une attaque ? Par un choc, une révélation dont on savait qu'elle ébranlerait un cœur déjà usé ? Les doutes circulaient entre eux dans l'obscurité, des questions informulées qui creusaient des galeries dans le souvenir de cette nuit-là. C'est lui qui mit un terme à ce travail de taupe aveugle et entêtée.

— Tu as exécuté ses dernières volontés. C'est plus important que de savoir comment il est mort.

— Je me demande pourquoi… je veux dire, nous étions proches, bien sûr, mais il aurait pu choisir d'autres dépositaires.

— Peut-être l'avait-il dit à d'autres… Mais c'est toi qui t'es trouvée près de lui à l'heure de sa mort. Ecoute (il prit ses deux mains dans les siennes et elle s'étonna de ce geste tendre, inédit entre eux). Il te l'a demandé car il savait.

— Quoi donc ?

— Il savait que tu es de la trempe de ceux qui peuvent accomplir un tel vœu.

Elle ne répondit rien. Ces mots se cristallisaient en elle. *Tu es de la trempe de ceux qui peuvent accomplir un tel vœu.* Elle n'avait jamais su de quelle trempe elle était. Mais lui le savait peut-être pour elle.

— Du reste, je ne crois pas à un meurtre. Sérieusement : tu connais quelqu'un qui en voudrait à Pierre Le Guellec ?

— Huit cent mille euros… Une somme pareille peut attirer des convoitises. Il y a les voisins du second…

Il posa la main sur son bras et déclara à voix basse :

— Ne t'enfonce pas dans ces ornières-là. Tu as exaucé ses volontés. Mieux : ses *dernières* volontés. Le reste…

Il eut un geste vague.

— Tu devrais quitter cet appartement. Ce n'est pas bon de rester ici.

Il avait raison. Ses nerfs étaient éprouvés, c'était crispant cette atmosphère irréelle, ce décor plein de lui, les pipes, le chien, les livres, les portraits de corsaires perruqués, armes à la main, toutes ces ombres qui l'avaient vu mourir et se taisaient. Elle leva les yeux vers celui qui la dominait, un certain Magon de la Lande, armateur armorié qui posait une lunette à la main, un manuscrit dans l'autre. Elle scruta son sourire plein d'assurance et de défi : bien sûr qu'il savait, mais il ne dirait rien.

— Je ne peux pas partir comme ça. D'abord parce que Béatrice trouverait ça louche.

— Il n'y a rien de louche à ne pas prolonger son séjour dans l'appartement d'un mort…

— Mais justement *il n'est pas mort*. Je dois tout faire pour qu'ils le pensent vivant, disparu mais vivant. Si je partais…

Elle ne formulait pas la suite mais il la devina. Elle assurait une veille. Partir, ce serait déserter, ce serait le trahir. Et s'il revenait ? Lui, ou celui qui l'avait tué ?

— Je dois m'occuper de Silver. C'est dur pour lui aussi.

— Il pourrait venir à Saint-Coulomb.

Un chien ? Chez lui qui en détestait l'odeur, le bruit, lui qui s'exaspérait lorsqu'on dérangeait son quotidien ? À ces mots elle mesurait son affection, son dévouement, elle en fut émue. Il m'a toujours aimée, se dit-elle. Mais il avait fallu que Pierre disparaisse pour qu'il l'exprime. Elle était troublée aussi, elle pensait à ces magmas psychanalytiques qui mêlaient l'obsession du double et la mort du père. Est-ce qu'en l'aidant à faire disparaître l'écrivain, il aurait vaincu son double, celui qui avait réussi là où lui avait échoué ? Était-il soulagé de la mort de cet homme qui étendait son ombre entre eux ?… L'avait-il même *souhaitée* ? Ce fut un vertige. Elle devenait folle, elle se mettait à suspecter tout le monde. Pour chasser cette idée insupportable, elle s'approcha de son père et embrassa sa joue, comme avant quand elle le retrouvait au petit déjeuner dans l'odeur de pain grillé, ou le soir quand elle le laissait devant la télévision, bonne nuit, p'pa, je vais me coucher. Autrefois elle l'embrassait sans y penser, plusieurs fois par jour, sans autre raison que la joie de le savoir avec elle, la gratitude à l'idée qu'il n'était pas parti vivre à l'autre bout du monde. Elle ferma les yeux pour retrouver la sensation de son enfance, quand son visage était glabre, s'étonna de sentir sa joue plus creuse, la peau moins douce. Lui aussi avait vieilli.

— Rentre, suggéra-t-elle. Tu dois être fatigué.

Quand elle remonta dans l'appartement après l'avoir raccompagné, elle trouva un message de Béatrice sur son téléphone : *Le consulat nous a prévenus, Pierre a fait des retraits sur son compte depuis Orly, on est tous soulagés, je t'appelle demain. Bonne nuit.* Puis un autre : *Ça reste confidentiel, bien sûr.*

11

11 décembre

Le lendemain, elle attendit l'appel de l'éditrice, les yeux fixés sur l'écran. Il ne vint pas. Seul un message de son père perça une fenêtre lumineuse sur la surface du téléphone. Il s'inquiétait de son moral, surtout sors prendre l'air, tu as mauvaise mine. Elle s'observa dans le miroir de l'entrée, c'est vrai qu'elle était pâle, avec des cernes qui lui mangeaient le visage. Elle avait passé la nuit à tenter de mener son enquête entre deux assauts de sommeil, des vagues puissantes de rêves qui charriaient des pipes d'écume, des voiles aspergées d'essence, un cadavre… Elle se réveillait en sursaut, le cœur glacé, et alors il fallait tout reprendre depuis le début. Pierre était mort. D'une attaque, comme elle l'avait pensé immédiatement en trouvant le corps sans vie dans l'entrée de l'appartement. Ou d'autre chose… À qui avait-il ouvert la porte ce soir-là ? Qui pouvait lui en vouloir ? Le corps n'était pas encore froid quand elle l'avait retrouvé. Sa mort était très récente. Sans doute avait-elle eu lieu tandis qu'elle était encore dans le taxi, roulant devant les villas Belle Époque du Sillon. Ou bien quand elle était sur les remparts, retardant son arrivée à l'appartement, admirant la vue sur Dinard pendant qu'il agonisait sur le seuil. Le visiteur avait-il eu le temps de fuir ? Ou bien vivait-il dans l'immeuble ? C'était à l'évidence un familier des lieux : il connaissait l'existence des bouteilles de la cave, les avait brisées pour en extraire les billets. À présent, il retirait sur le compte de Pierre. Comment ? C'est ce qu'elle n'arrivait pas à savoir. Lorsqu'ils avaient emmené son corps, il portait un veston dans la poche duquel se trouvait son portefeuille. D'abord elle avait voulu l'ôter mais son père l'avait convaincue du contraire, il fallait tout faire disparaître, les papiers, les vêtements, tout ce qu'il aurait emporté avec lui s'il avait vraiment voulu s'échapper. Elle n'avait pas vérifié ce qu'il contenait. L'assassin avait peut-être volé la carte avant de remettre le portefeuille dans la poche intérieure du veston. Quelle inconscience avait été la leur… Quelle panique s'était emparée d'eux, quelle étrange mécanique avait guidé chacun de leurs gestes – enrouler le corps, cacher le corps, transporter le corps. Ils avaient détruit toutes les preuves et maintenant elle se retrouvait à mener une enquête sans cadavre et sans indices. Rien à examiner. Juste le vide de l'appartement empêtré dans son silence. La mer avait emporté le mort et ses secrets. Elle ne pouvait même pas faire appel à la police pour l'aider. Un simple relevé des empreintes digitales sur la poignée aurait sans doute suffi à identifier le visiteur à qui Pierre avait ouvert avant de mourir. On aurait comparé les traces d'ADN, interrogé les locataires de l'immeuble. Tout aurait été éclairci. Mais elle ne pouvait faire appel à personne, elle était condamnée au silence, au mensonge par omission. Elle ne devait compter que sur elle-même.

Au réveil, elle saisit une feuille sur le bureau de Pierre, et dessina un schéma approximatif de la demeure. Bien sûr, si l'argent avait été retiré à Orly, l'assassin n'était plus à Saint-Malo. Mais il avait forcément un complice qui l'avait hébergé et aidé à remonter les bouteilles de la cave. C'est le genre de chargement qu'on n'exfiltre pas comme ça, surtout quand la concierge veille. Trop lourd, trop bruyant. Elle en était certaine : le coupable avait transité par l'immeuble. Sans doute y était-il encore quand elle avait transporté avec son père le corps de Pierre hors de la ville. Peut-être même les avait-il observés par la fenêtre quand ils avaient passé la porte de Dinan. Il avait dû se réjouir d'être débarrassé si facilement d'un cadavre qui portait ses empreintes, de voir disparaître les preuves qui l'accusaient. Les dernières volontés avaient bon dos. En vérité, elle avait été la complice d'un crime, s'était, sans le savoir, chargée de la basse besogne – essuyer les traces de sang, effacer les indices. Maintenant elle ne pouvait plus rien dire. Les mots de son père lui revenaient : « Tu es de la trempe de ceux qui peuvent accomplir un tel vœu. » Sa loyauté avait acheté son silence.

Sur la feuille, elle ajouta le nom des locataires. Au rez-de-chaussée, la boutique du Corsaire Plage et l'appartement de Claire Gauthier, vendeuse et concierge à ses heures. Au premier, l'appartement de l'écrivain. Au second, les Rennais enrichis, avec leurs désirs de notables. Au-dessus, deux appartements loués dont la concierge avait les clefs. Celui de droite était occupé par une jeune fille seule, l'autre était libre. Enfin, les chambres de bonne que Le Guellec louait à des saisonniers.

— Il faut que je commence par là… souffla-t-elle à l'intention de Silver.

Le chien était moins vif qu'avant. Il ne manifestait plus l'envie de sortir, passait des heures prostré derrière la porte en poussant de gros soupirs. Lui aussi semblait craindre de quitter les lieux et de rater le retour de son maître.

Marie lui déposa une gamelle pleine avant de sortir.

— Attends-moi ! Je reviens dans une heure au plus tard.

Le chien restait apathique. Quand elle claqua la porte, il ne releva même pas la tête.

Elle ne croisa personne dans les escaliers. Sur le palier du second, elle s'arrêta devant l'appartement des Jaouen. Elle avait envie de sonner, de rencontrer ce couple qui préférait vivre dans l'inconfort d'une demeure corsaire gangrenée de mérule plutôt que de faire bâtir une de ces maisons apatrides qui fleurissaient sur la côte, bardage en bois et porte en aluminium. Mais elle se trouva curieusement découragée par un immense tapis de couleur blanche, aux longs poils soyeux, dont la présence incongrue contrastait avec le granit brut de l'escalier et semblait dire aux curieux chaussés de bottes ensablées « Passez au large ». De fait, c'est ce qu'elle fit. Elle tendit l'oreille devant les portes du troisième, devina de la musique dans l'appartement de droite, une radio qui diffusait des rocks des années quatre-vingt et couvrait des bruits de casseroles. On accédait au quatrième étage par un escalier très étroit, plus pentu. Le couloir était sinistre, les ardoises de la toiture laissaient passer des courants d'air sifflants. À chacun de ses pas, un petit nuage de poussière s'échappait des lames du plancher. Elle frappa à la première porte. On ne répondit pas. Elle insista. Une porte s'ouvrit à côté de la sienne et une silhouette apparut à contre-jour, nimbée d'une poussière fine.

— Vous cherchez Simon Le Bris ? Il est en mer.

— Ah ? Savez-vous quand il reviendra ?

— Aucune idée. Ça dépend. Parfois il est absent trois jours, d'autres fois c'est plus long. Il navigue sur un thonier, vous savez ?

— Non. Je ne sais pas.

— Il peut rester plusieurs mois à bord. Ça dépend de la pêche, du temps… Il navigue en mer d'Irlande. Parfois dans les Açores ou le golfe de Gascogne…

Elle hocha la tête et s'approcha de son interlocuteur. À présent elle le voyait mieux, elle pouvait lui donner trente ans, trente-cinq. Il était grand, brun, mis avec une élégance un peu passée, un foulard aux couleurs délavées, des mocassins en cuir éculés. Mais le plus étrange était son loden, un vieux manteau râpé vert bouteille qu'il portait en cape, maintenu autour du cou par une chaînette d'argent.

— Il ne fait pas chaud dans ma chambre, déclara-t-il comme pour répondre à son observation muette.

— Oh, je comprends.

— Je peux vous offrir quelque chose ? Un thé ? Un grog ?

Des petits nuages de vapeur s'échappaient de sa bouche. Elle acquiesça, ravie de cette rencontre qui lui permettait de pénétrer sous les toits. La pièce ressemblait à une cellule monastique et comptait seulement une planche de bois sur deux tréteaux, un tabouret de bois, des piles de livres et de dossiers jetés à même le sol, un lit pliant militaire, tendu d'une épaisse toile kaki retenue par des sangles de cuir. Un vieux radiateur électrique orange répandait de la chaleur dans une vague odeur de brûlé. Sur une petite étagère, elle reconnut des livres de Pierre, d'anciennes éditions de *L'Archipel des vaincus, Les Manants de la mer, Ce qu'il advint des Iroquois.*

— Vous êtes une amie de Simon ? demanda-t-il en allumant une bouilloire posée sur le bureau.

— Non. Je suis une amie de Pierre Le Guellec.

Elle avait d'abord hésité sur l'identité qu'elle donnerait. Mais quelque chose dans l'attitude du jeune homme décourageait toute velléité de mensonge. La pauvreté de son accoutrement, la nudité de la pièce, une sorte de franchise qui s'attachait à ses paroles et à ses gestes.

— Je garde son chien, ajouta-t-elle en s'asseyant sur le lit de camp.

Il hocha la tête comme pour la dissuader d'en dire plus. Elle s'étonnait qu'il ne pose aucune question, qu'il ne fasse aucune remarque sur la disparition. Savait-il ? Avait-il pu passer à côté des gros titres des journaux, des images diffusées la veille au 20 heures et reprises depuis en boucle sur les réseaux ? Alexandre Brodin brandissant la récompense face aux caméras, l'impudeur de son triomphe face à la retenue suédoise. Depuis trois jours qu'elle était à Saint-Malo, il lui semblait que toute la ville vivait au rythme des rebondissements du Nobel et elle s'étonnait qu'on eût pu naviguer sur la Manche, ou se tenir à l'écart de cette affaire qui était devenue l'épicentre de son existence. Mais la vie d'ermite le rendait peut-être imperméable à l'agitation du monde. À présent qu'elle le voyait mieux dans le jour cru qui tombait de la lucarne, elle était incapable de lui donner un âge. Ses traits étaient tirés et un début de calvitie agrandissait son front bombé. Mais il gardait un air juvénile et des yeux vifs.

— C'est votre chambre ? demanda-t-elle en y promenant un regard circulaire.

— Non. C'est mon bureau. En vérité, j'habite près de la cathédrale, rue du Collège. Mais l'appartement est exigu et nous avons trois enfants en bas âge. Alors je viens préparer l'agrégation ici, pour être au calme.

— Vous êtes professeur ?

— Professeur d'histoire. À l'Institution, le lycée privé de la ville. C'est Pierre Le Guellec qui me loue la chambre. À cent euros par mois, je ne pouvais rêver mieux. Évidemment, comme toutes les chambres de domestiques, c'est une glacière l'hiver et une véritable serre l'été. Mais j'y travaille bien. Il n'y a pas de bruit, c'est très calme. Le Bris, parfois, quand il rentre ivre du bar. Des chants de marins, des refrains d'ici. Rien de bien méchant.

— Et de l'autre côté ? demanda-t-elle en désignant d'un mouvement de tête la troisième chambre.

— L'appartement sert aux serveuses de la crêperie du Corps de Garde. Hors saison, il n'y a personne.

Il lui tendit une tasse dans laquelle il venait de verser un sachet de café en poudre et de l'eau bouillante. Elle n'avait rien pour remuer et des petits grains noirs nageaient à la surface. La paroi brûlante de la tasse réchauffait ses doigts gourds.

— Remarquez, ajouta le professeur en se servant à son tour, je suis ici un peu chez moi.

— Vraiment ?

— Cet hôtel appartenait à mes ancêtres. C'étaient des armateurs. Ce sont eux qui l'ont fait construire en 1768… l'année de la naissance de Chateaubriand qui poussait ses premiers cris au nord de la ville, près de la porte Saint-Vincent. Vous avez vu sa maison ?

— J'ai surtout vu sa tombe.

Elle avait répondu très vite, mais sa voix s'était altérée malgré elle au souvenir de ce pèlerinage accompli avec Pierre Le Guellec la première fois qu'elle était venue le voir à Saint-Malo. Ils y étaient retournés depuis, à chacune de ses visites, dès que la marée permettait de rejoindre à pied sec l'îlot du Grand Bé où reposait l'écrivain.

— Mon ancêtre préférait le sud de la cité, la porte de Dinan. Il voulait une vue sur le port où s'ancraient ses frégates. On dit qu'il soupait avec une longue-vue à la place des couverts pour voir revenir ses navires. Malheureusement, la Révolution ne lui a pas laissé le temps de profiter pleinement de l'emplacement… Pendant la Terreur, les caves ont servi de prison. Mes ancêtres y ont croupi quelques mois avant d'être guillotinés. Après ça, la famille a repris la main jusqu'à la guerre qui l'a miraculeusement épargnée.

— C'est vous qui l'avez vendue à Pierre Le Guellec ?

— Moi ? non ! Déjà, mes grands-parents n'avaient plus les moyens de l'entretenir. Les toits étaient percés, les murs pleins de mérule. Il n'y avait de chauffage et d'électricité qu'au premier étage. Un promoteur la leur a rachetée puis l'a divisée en appartements. Mais il a fait faillite au moment où Le Guellec a reçu le Femina. Vous connaissez la suite…

Il parlait sans amertume, avec cette gaieté mélancolique des aristocrates que la pauvreté semblait auréoler d'une autre noblesse. Sa situation l'amusait, il l'accueillait comme un bon tour que lui faisait la destinée, une expérience amusante qu'il traversait sans déchoir, soulagé presque de n'avoir plus à justifier ce que la République reprochait à ses ancêtres, des privilèges, des richesses, un passé trouble de négriers.

— Vous regrettez ?

— Quoi donc ? De ne plus vivre au premier ? Bah, les remparts bornent la vue et occultent la lumière ! Ici au moins, on s'échappe ! ajouta-t-il en poussant d'un coup de coude la lucarne dont la vitre était constellée de givre. Après vous, lança-t-il en lui présentant le tabouret de bois.

Elle monta, passa sa tête par l'ouverture et étira le cou au-dessus des toits. D'un seul regard, on embrassait le port, la Rance, les plages trop lisses de Dinard, les villas excentriques de la pointe du Moulinet. Passé l'émerveillement, elle eut cette pensée : d'ici, il n'aurait pu la voir passer la porte de Dinan avec le corps sans vie de Pierre Le Guellec.

— Vous voyez ?

Elle hocha la tête, redescendit de son perchoir. Son regard tomba sur le bureau où s'étalaient des cartes géographiques, un atlas du Japon et un roman ouvert en son milieu, annoté dans la marge. Il referma le livre précipitamment et, soudain devenu grave :

— Maintenant, si vous permettez, je dois reprendre mon travail. Le concours est dans deux mois.

Elle se leva, remercia et quitta la pièce en bredouillant quelques vagues encouragements, ce dont il semblait n'avoir nul besoin : quand elle ferma la porte, il était déjà tout à son étude.

Elle aurait dû lui demander à quelle heure il quittait son bureau. Depuis quand Simon Le Bris était absent. S'il avait une clef. Il devait rentrer chez lui vers sept heures, c'est-à-dire au moment où elle était arrivée chez Le Guellec le soir de sa mort. Avait-il vu quelque chose ? Entendu du bruit ? L'assassin s'était peut-être caché dans une des pièces contiguës à la sienne… Elle aurait dû poser toutes ces questions, et elle n'en avait formulé aucune. Elle ne connaissait même pas son nom. Maintenant, elle se faisait des reproches, pourquoi tant de frilosité ? Il était certain qu'elle avait craint d'éveiller ses soupçons. Mais quels soupçons ? Qu'avait-elle à se reprocher ? Du reste il n'avait manifesté à son égard aucune curiosité. Elle ne l'intéressait pas. Alors pourquoi s'était-il interrompu pour lui offrir un café ? Et ce geste brusque quand ses yeux s'attardaient sur le livre ouvert ? Elle l'avait cru d'abord exempt de tout soupçon, mais ce dernier mouvement trahissait une impatience. Laquelle ? Décidément, elle en venait à douter de tout le monde.

Quand elle se trouva sur le palier du premier, devant la porte où gémissait le chien, elle sut. Elle n'avait rien dit parce qu'un instant, elle avait voulu partager son ignorance des événements. Avec lui, elle avait voulu croire que Pierre Le Guellec était encore en vie. Qu'il l'attendait au premier où il lui préparait un café, un vrai, assez bon pour faire oublier le goût amer de celui du professeur.

12

12 décembre

Un chien pouvait-il faire une dépression ? Marie avait profité d'une éclaircie pour sortir avec Silver mais celui-ci traînait la patte. Même sur la plage, il ne manifestait plus la joie du premier jour, cette excitation primitive à se rouler dans le sable, à renifler les algues et courir après les goélands. Il restait contre elle, la tête baissée, l'air abattu, tandis qu'ils avançaient sur le môle des Noires. Un soleil lunaire, qu'il était impossible de regarder en face et qui pourtant ne chauffait pas, jetait une lumière crue sur le paysage. La marée s'était retirée, déshabillant les plages, dénudant les récifs, mettant à sec le port où des bateaux amarrés à des bouées de plastique montraient leur fond avec une impudeur désolée. Même les embarcations les plus fières, les cotres en pin, perdaient leur dignité à exhiber ainsi leurs cales couvertes de vase, à montrer leurs derrières aux écueils qui menaçaient de les briser. Sur la jetée, deux petits vieux avançaient courbés, serrés l'un contre l'autre comme dans une tempête. Un coureur les dépassa.

Devant lui, un chien gambadait avec une énergie qui humiliait l'apathie de Silver.

Arrivée au phare rouge, elle fit volte-face. La ville se dressait au bout de la jetée, comme à l'extrémité d'une laisse de pierre qui la tirait vers le large. Jamais la citadelle ne lui avait semblé aussi mystérieuse, pleine des secrets qui fermentaient derrière ses remparts. Elle devinait qu'il y avait là, au-delà de l'affaire Le Guellec, des énigmes jamais résolues, des frégates jamais rentrées, des capitaines disparus, des fortunes cachées ou évanouies. Ce n'était pas seulement la mérule qui mangeait les charpentes des hôtels d'armateurs, c'était cette culture du secret qui liait les pêcheurs et les explorateurs, les fils de négriers et les vieux marins, les capitaines et les mousses. Elle les devinait tous solidaires, unis par ce que leurs ascendants avaient vécu à bord, sur les mers du globe, des siècles de courses, d'attaques, de naufrages, qu'on taisait une fois rentrés dans la cité corsaire, selon la formule séculaire que rappelait Pierre Le Guellec quand on l'interrogeait sur la vie des terre-neuvas : *Ce qui se passe à bord reste à bord.* À l'autre bout de la jetée, elle se sentait plus que jamais exclue de cette ville dont les pierres étaient des éponges, saturées d'histoire, qu'on ne pouvait faire dégorger. Il lui semblait que tous savaient, la vendeuse du Corsaire Plage, les industriels de Rennes, le professeur et le marin pêcheur, et même la locataire du troisième. Tous savaient mais ils ne lui diraient rien, et elle continuerait de se perdre dans les méandres d'un crime dont elle s'était chargée d'effacer les traces avec un tel soin qu'elle ne pourrait plus jamais en dénoncer les coupables. Si tant est qu'elle les découvre un jour. Elle se sentait si seule qu'elle fut soulagée de ne croiser personne sur le môle. La solitude mène à toutes les extrémités et elle aurait été capable de déballer son histoire à n'importe qui, sans ménagement, seulement pour en alléger le poids. Jamais elle ne s'était sentie si vulnérable. *Tu es de la trempe de ceux qui peuvent accomplir un tel vœu.* Son téléphone sonna. C'était Béatrice. Elle était à l'aéroport de Stockholm, attendait le vol pour Paris.

— Tu as eu mon message ? Le relevé de la banque indique que des retraits ont été faits. À Orly, oui. Ce qui est étrange, c'est que son vol était direct.

Marie ne le savait que trop bien. Elle avait assez maudit ce voyage sans escale. Tout aurait été beaucoup plus simple s'il y avait eu un changement. Son père en aurait profité pour filer à l'anglaise, il n'aurait pas été obligé de louvoyer à l'aéroport pour éviter la délégation du Nobel, ni de raser sa barbe.

— D'abord j'ai pensé qu'il avait pris un autre vol dès que tu avais eu le dos tourné… il est tout à fait capable de ça, tu sais. Mais la compagnie aérienne est formelle. La place réservée au nom de Pierre Le Guellec, rangée D place 14, était bien occupée.

— Alors ?…

— Alors je ne vois qu'une explication : il aura attendu à l'aéroport de Stockholm un avion qui l'aura ramené à Orly.

Était-ce un mouvement de panique ? Une décision mûrement réfléchie ? Béatrice n'en savait rien. Quant à comprendre comment l'écrivain avait pu passer devant la délégation du Nobel sans être reconnu… c'était incompréhensible. Marie haussa les épaules. C'était tout à fait probable. Dans le ballet des voyageurs qui débarquent d'un avion, il n'est pas rare de manquer le passage de l'homme qu'on attend. Plus encore si l'on est persuadé qu'il viendra naturellement vers vous, attiré par la pancarte qui porte son nom. Les deux femmes chargées d'accueillir le lauréat avaient prévu la leur, une tablette où le nom de Pierre Le Guellec apparaissait en grosses lettres noires. Elles étaient si convaincues qu'il se dirigerait spontanément vers elles qu'elles n'avaient pas dû le guetter. Si ça se trouve, ajouta Marie, elles étaient en train de poster des photos sur leurs comptes Instagram. De fait, c'est ce que son père lui avait raconté. Il n'avait eu aucun mal à tromper la vigilance des membres de la délégation trop occupés par leurs téléphones pour reconnaître en ce passager pressé, capuche sur la tête et écharpe jusqu'au nez, le lauréat du Nobel. Leur distraction lui avait permis de quitter rapidement l'aéroport pour s'engouffrer dans un taxi, direction le centre-ville, et plus précisément le Riksbron, le Pont national, dont il avait écorché le nom. Sur le parapet enneigé, il avait enfin pu se débarrasser du portable de l'écrivain, noyé dans les eaux glaciales du Norrström après avoir envoyé un ultime message à Marie : *Bien arrivé à Stockholm. Encore merci pour ce matin. Bon séjour à Saint-Malo. Amitiés à Silver. Je vous embrasse, PLG.* Au moment de sombrer, le téléphone affichait déjà cinq messages en attente – les premiers signes d'une inquiétude collective remplaçaient déjà les *plus sincères félicitations*.

— Je pourrai te montrer son dernier message si tu veux…

— À quoi bon ? Maintenant qu'on sait qu'il est en vie… C'est le plus important, non ?

Cette conclusion semblait satisfaire l'éditrice. Elle avait perdu le ton tragique de ses derniers appels. Était-ce l'effet de la remise du prix Nobel ? Le champagne de la veille ? Elle paraissait presque heureuse de ce dénouement qui n'en était pas un. Cette gaieté était blessante. Marie aurait dû se réjouir qu'on classe l'affaire, qu'on ne mène pas plus loin les investigations. Mais elle ne parvenait pas à en éprouver du soulagement. Elle aurait voulu que l'inquiétude dure davantage, qu'elle ne soit pas la seule à porter le deuil de l'écrivain. Le chien leva vers elle ses grands yeux tristes et elle en conçut un regain de tendresse pour l'animal. Au fond, il était le seul à pouvoir partager son chagrin.

— À moins qu'on ne lui ait volé sa carte… suggéra-t-elle.

— Hum… ça m'étonnerait

On la sentait pressée d'en finir. L'idée d'une disparition volontaire l'arrangeait assez pour qu'elle ne veuille pas laisser Marie en saper l'hypothèse.

— Marie, je sais que c'est difficile à accepter, mais je crois vraiment que Pierre a préféré disparaître. Il voulait échapper à ce prix, à tout ce tapage… Tu le connais, non ?

— Justement. Il ne serait pas parti sans son chien. Et tout ce qu'il a laissé dans son appartement…

— En parlant d'appartement, j'ai eu son fils au téléphone. Il va rentrer…

— Maintenant ? Mais pourquoi ?

Elle n'avait aucune envie de laisser sa place à ce Yankee dont la photo jurait avec l'atmosphère de l'appartement corsaire. Qu'est-ce qu'il ferait ? Du tri ? Du ménage ? Des cartons ? Était-il habilité à gérer les biens de Pierre ? À vendre l'hôtel particulier ? Une disparition n'était pas un décès et les règles de succession devaient prévoir ce cas particulier… Il faudrait qu'elle vérifie. Elle ne s'était toujours pas décidée à consulter un notaire, découragée d'avance par l'omerta à laquelle elle se heurterait. Ça ne servirait à rien… À nouveau, elle imaginait une alliance invisible dont elle se sentait la dupe et le jouet. Elle était irrémédiablement seule. Une angoisse la tenaillait, ouvrait dans sa poitrine un gouffre où se précipitaient les mots de Béatrice, sa gaieté inconvenante, un peu factice. Comme si l'héritier risquait de la devancer dans l'appartement, elle pressa le pas en direction des remparts.

— Il ne décollera pas avant une semaine ou deux. Ça te laisse un peu de temps. De toute façon, tu ne pouvais pas toujours rester. On en a parlé avec Alexandre, on pense même que ce n'est pas bon pour toi. C'est malsain et, d'ailleurs… les gens pourraient s'interroger… tu sais comment est la presse, il ne faut pas donner prise aux racontars…

Elle se moquait de ce que dirait la presse. Elle ne pouvait pas quitter cet appartement, ni ce chien. Ce fut son excuse.

— Silver n'est pas bien… Qu'est-ce que le gamin compte en faire ? Il ne va pas l'emmener en Amérique, j'imagine ?

— Le gamin, le gamin… je te rappelle qu'il doit avoir ton âge. Il trouvera une solution. De toute façon, ça ne nous regarde pas. Notre travail à nous maintenant, c'est de faire perdurer l'œuvre de Pierre, de la faire vivre. C'est ce qu'il voudrait… J'ai repensé au manuscrit qu'il a laissé. Il t'en a parlé, je crois… Tu l'as déjà lu ?

— Tu devines que je n'ai pas le cœur à ça…

Elle disait vrai. Si Pierre avait laissé une autobiographie, un journal, des souvenirs… elle s'y serait plongée, et avec quelle avidité ! Mais un roman… La fiction, maintenant, lui semblait dérisoire, comme ces histoires que son père lui racontait encore à dix ans – la souris des dents, les cloches de Pâques – et qu'elle faisait semblant de croire de peur de le décevoir… Elle fut saisie d'une crainte.

— Vous ne comptez quand même pas le publier maintenant ?

— Pas tout de suite, bien sûr !

Le ton était outré.

— … mais pas trop tard non plus. Le Nobel, la disparition… on a la chance d'avoir tous les projecteurs braqués sur nous d'un seul coup. Il ne faudrait pas rater l'opportunité de…

Marie éloigna l'appareil, écœurée. Elle refusait d'entendre ce discours éditorial, l'expression d'une bonne conscience calquée sur la loi du marché. Elle passa la porte de Dinan. Silver frôla sa jambe et ce mouvement inattendu lui remua le cœur. À présent, la ville lui semblait presque hospitalière, un refuge dont les fortifications la protégeaient du reste du monde. Même, elle regrettait qu'il n'y ait plus de porte de bois pour clore la cité comme autrefois. Elle aurait voulu en détenir la clef et fermer le lourd vantail en laissant derrière elle Béatrice, Alexandre, la maison Brodin, ses actionnaires et ses conseillers marketing. Puis envoyer la police des grèves, les dogues affamés qui jusqu'au XVIIIe gardaient la ville et dévoraient ceux qui s'aventuraient sous ses murailles. Elle murmura un vague au revoir, éteignit son téléphone et poussa la porte de l'hôtel Surcouf. Claire Gauthier était dans l'entrée.

— Ah, c'est vous ? Alors, c'est vrai ce qu'on dit ? M'sieur Le Guellec serait parti en voyage pour échapper au Nobel ?

— C'est ce que les journaux racontent ?

— Je l'ai lu dans *Ouest-France* ce matin ! Paraît que son éditeur l'a eu au téléphone, qu'il allait bien mais avait besoin d'être seul.

Brodin avait dit ça ? Brodin avait donc menti. Quel intérêt avait donc la maison à maintenir la version d'une disparition volontaire ? Éviter que les droits tombent dans les mains de l'héritier, lequel, après unc école de commerce et un master de finance, serait sans doute plus âpre à négocier les contrats de son père… Elle ne pouvait rien dire. Dénoncer son imposture, c'était avouer qu'elle connaissait la vérité de sa mort. Elle aurait pu se rendre au poste de police mais pour dire quoi ? « Pierre Le Guellec n'a pas retiré d'argent sur son compte, il n'a pas pu appeler les Éditions Brodin car il est mort. Je le sais car c'est moi qui l'ai enterré. » Enterré… est-ce que c'était le terme ? Mais quel autre pouvait-elle employer ? On ne l'aurait pas crue, on lui aurait demandé des preuves, il aurait fallu impliquer son père, l'entraîner dans cet engrenage, cette folie. Ensuite, une fois les rouages mis en branle, elle savait comment les choses se passaient, c'était la mécanique bien huilée de la justice, dont les roues dentées tournaient lentement, inexorablement. On ferait venir un expert psychiatre, il conclurait à un conflit de loyauté, le mobile tomberait dans les rouages, tentative de récupération de l'œuvre du Nobel pour la transférer à un père dont l'image dégradée était devenue insupportable, encore un tour de roue, un autre, un autre, jusqu'à l'écraser, allons mademoiselle Rivalain, avouez donc que vous avez tué Pierre Le Guellec. Puis : je vous accuse du meurtre de Pierre Le Guellec, ce à quoi, broyée, elle répondrait oui, j'avoue, je ne supportais plus son succès.

— Il faut toujours croire ce qui est écrit dans *Ouest-France*, madame Gauthier.

Elle allait partir quand la concierge, que cette réponse ne semblait pas avoir convaincue, ajouta :

— Il paraît que vous avez fait la connaissance du vicomte ?

— Je vous demande pardon ?

— Charles Gramont de Maisonneuve. Le professeur qui travaille sous les toits. Moi je l'appelle l'Aristo ! Ce n'est pas méchant. Du reste, il me ferait plutôt pitié… Si c'est pas misérable… quand on sait que ses ancêtres vivaient ici comme des pachas, il y a de cela quelques siècles…

Marie était surprise de ce ton vaguement réprobateur, comme si le nouvel ordre avait perturbé l'idée que la gardienne se faisait de la vie, une idée conforme aux hiérarchies séculaires. Elle disait quelques siècles comme elle aurait dit quelques jours et cela confirmait une impression que Marie avait souvent eue en se promenant dans la cité corsaire : la fuite du temps y était imperceptible. C'était un lieu où les siècles avaient l'épaisseur des minutes.

— Bah, il n'avait pas l'air de regretter cette époque… hasarda-t-elle.

— Évidemment, ce sont des gens fiers !

À cet instant, une silhouette traversa le vestibule. Marie n'eut le temps d'apercevoir que ses cheveux bruns, très longs, très raides, dont les pointes balayaient le bas de son dos. Elle portait un jean noir, une veste de velours beige et d'épaisses bottes fourrées qui piétinèrent sans scrupule la rose des vents en marbre.

— La fille du troisième… souffla la concierge. Vous savez… la location… je ne sais pas pour combien de temps elle est là. C'est monsieur Le Guellec qui s'occupait des baux…

— Elle est au courant… ?

— Je ne crois pas. C'est une Canadienne, elle vient de Québec… Je ne sais pas si on lit monsieur Le Guellec par là-bas.

Si. On lisait Le Guellec là-bas comme dans une trentaine de pays du monde. Comment ces romans fermentés à l'ombre des murailles de la cité corsaire avaient pu avoir ce retentissement universel ? C'est ce qu'on peinait parfois à expliquer. Les critiques avaient leur idée là-dessus, comme sur le reste. Chacun portait en lui ses propres murailles, l'ancre qui le vissait à terre et la capacité à brûler ses vaisseaux. Les lecteurs se reconnaissaient dans ses personnages de vaincus magnifiques qui ne se résolvaient pas à la défaite et trouvaient dans la mer l'étendue de toutes les libertés et toutes les batailles. D'ailleurs le Nobel ne lui avait-il pas été attribué pour cet « art du récit avec lequel Pierre Le Guellec brouille les frontières entre la géographie et l'imaginaire pour faire de la mer l'espace de la liberté intérieure » ? La vérité pourtant ne se bornait pas à ces jugements d'intellectuels. Il y avait autre chose de plus viscéral, de plus mystérieux dans le succès de Le Guellec, quelque chose qu'il ignorait lui-même, qui lui échappait. C'était aussi ce qui lui rendait si pénibles les interviews : il se sentait incapable d'expliquer son œuvre, d'en révéler la genèse ou la construction. Il était un marin qu'on sommait de sonder les vagues qui le portaient quand lui n'avait d'yeux que pour l'horizon à atteindre.

— Si vous pouviez vérifier… insistait la gardienne. Pour la location… ça doit être dans les papiers de monsieur Le Guellec.

— Je ne suis pas sûre d'être habilitée à…

— Faudrait pas qu'elle profite de la situation pour prolonger son séjour gratis… y a des gens qui ne se gêneraient pas…

Marie hocha la tête et s'éloigna. Elle avait trouvé le pas de la jeune femme plein d'une assurance qui contrastait avec son propre malaise. La locataire du troisième devait se sentir chez elle dans cette enceinte qui célébrait partout la mémoire de Jacques Cartier et l'amitié avec le Québec. En montant l'escalier, elle se rappelait ce roman de Le Guellec, *Ce qu'il advint des Iroquois*. Le narrateur y partait sur les traces de Donnacona, chef indien kidnappé par les explorateurs français, qui avait enivré la cour de François Ier de ses contes fabuleux sur le Nouveau Monde, ces terres fécondes pleines de mines d'or, de rubis, de poivre et de muscade. *Un chef-d'œuvre aux frontières de l'imaginaire et de la géographie*, avaient titré les journaux. Elle avait encore en tête des images précises, l'enquête du narrateur parti à la recherche du village disparu de Stadaconé, dans les rues quadrillées de Québec, entre les gratte-ciel et les érables à sucre, dans l'odeur grasse des hot dogs, plus dépaysé peut-être que les Iroquois débarquant en France un matin de juillet 1536. Réflexion sur les mensonges, analyse du pouvoir des contes, fable de l'inquiétante modernité, *Ce qu'il advint des Iroquois* avait été traduit en plus de vingt langues et avait contribué à faire connaître le nom de Le Guellec dans le monde entier. Elle revoyait la première édition de l'ouvrage – un cadeau de son père pour ses vingt ans –, la même que celle aperçue la veille, dans le bureau de Charles de Maisonneuve.

13

13 décembre

Le chien se mettait à lécher le fond des verres de rhum. Après quoi, il s'endormait au pied du fauteuil de velours lie-de-vin le museau entre les pattes de devant. Marie veillait à ne plus laisser la bouteille ouverte sur la table basse, il aurait été capable de la pousser d'un coup de patte pour s'enivrer du breuvage renversé sur le parquet. Un terre-neuve pouvait-il devenir alcoolique ? Quels étaient les risques d'une absorption d'alcool chez le chien ? Marie en arrivait à taper sur le moteur de recherche des questions incongrues et se retrouvait sur des forums appelés Toutoupourlechien, Nosamieslesbêtes, où la moindre interrogation déclenchait sur l'heure une avalanche de commentaires et de conseils. Elle résolut de ne plus boire elle-même de rhum pour éviter tout risque. Elle ferma la bouteille, la rangea dans le garde-manger où elle fut surprise de trouver, entreposés dans un angle, des dizaines de cadavres de bouteilles dont l'étiquette avait été arrachée. Immédiatement, elle pensa aux cuvées des romans, à ces grands crus qui avaient pour nom les titres de ses livres. Les bouteilles avaient été lavées. Mais par qui ? Cette fois, elle ne voulait pas commettre l'erreur d'y porter les mains. Elle chercha sur Internet le moyen de relever des empreintes digitales sur du verre. Une foule d'apprentis détectives s'empressaient de livrer leurs meilleures techniques, moyennant finance. Elle dut se contenter du rapport d'une classe de quatrième qui avait visité un hôtel de police à Nancy pendant les Journées du patrimoine. Entre deux photos de collégiens en survêtement s'essayant au maniement du tonfa, un encart indiquait en lettres majuscules : POUR RELEVER LES EMPREINTES SUR UN VERRE, LE POLICIER ÉTALE DE LA FARINE SUR LE VERRE AVEC UN PINCEAU. IL COLLE DU SCOTCH SUR LA PARTIE DU VERRE FARINÉE. IL RETIRE LE SCOTCH, ET LE POSE SUR UN MORCEAU DE PAPIER NOIR… C'EST UN TRANSFERT, SUR LEQUEL ON DISTINGUE L'EMPREINTE DIGITALE. Ça avait l'air très simple. Sur les photos suivantes, on voyait les gosses s'exercer sous l'œil attentif d'un policier moustachu. À la fin, la classe de 4e B remerciait la brigade qui les avait reçus et leur avait appris à « relever des indices sur une scène de crime ». Décidément, ces collégiens en savaient plus qu'elle. Elle ne lisait pas de polars. Enfin, pas récemment. Plus jeune, elle avait aimé les romans d'Agatha Christie, les Gaston Leroux. Puis elle avait découvert Simenon. Elle se souvenait de soirées entières passées avec son père devant les épisodes de Maigret – sa mère était partie depuis quelques mois et ils apprivoisaient encore les soirées à deux, le bol de soupe devant les infos, la vaisselle silencieuse dans la cuisine, le policier du jeudi soir. Elle revoyait la silhouette de Bruno Cremer avec sa pipe, les hôtels minables de province, les escalopes avalées sur des nappes à carreaux, les bistrots du canal Saint-Martin où le commissaire buvait son verre de blanc dès sept heures en observant les habitués, les rémouleurs, les poinçonneurs, les forts des Halles, tous des braves types que la vie, un jour, faisait basculer dans le crime. Il y avait aussi ces histoires de notables, des médecins montés en grade, des bourgeois qui se poussaient du col et se cachaient de leurs logeuses pour voir en secret des ouvrières dans des garçonnières aux tapisseries fanées. Elle ne se rappelait aucune enquête en particulier et tous les titres se mélangeaient : *L'Affaire Saint-Fiacre, Le Chien jaune, Au Rendez-Vous des Terre-Neuvas.* Mais elle gardait le souvenir précis de la musique du générique, le violon qui s'étirait tandis qu'on voyait le commissaire bourrer sa pipe de tabac, puis les lettres jaunes qui apparaissaient sur l'écran et le regard de Maigret, un regard bon, paternel. Chaque fois son père s'exclamait à la pause : « C'est Untel, c'est sûr. » Chaque fois il se trompait.

Maintenant c'était à elle de s'essayer à ces méthodes artisanales, elle saisit par le goulot une bouteille, versa de la farine sur le verre, souffla pour en ôter le surplus. Puis elle posa le papier adhésif et l'ôta d'un coup sec. La bouteille roula sur la table et se fracassa sur le sol. Il fallut recommencer des dizaines de fois en améliorant chaque fois le dispositif pour que la bouteille soit maintenue, que la farine ne se dissipe pas, que le scotch se décolle d'un coup brusque. Elle voyait le stock des cadavres s'amenuiser et se maudissait d'échouer là où les élèves de la 4e B de Nancy avaient réussi. Le téléphone vibra, c'était un message de son père, tu sors au moins ? Elle soupira. Enfin, elle obtint un dessin à peu près net qui laissait voir des crêtes et des plis, des arcs, des spirales, les boucles d'un secret. Elle en éprouva une grande satisfaction. Son enquête soudain prenait un tour ludique, presque amusant. Elle voulut réveiller le chien pour qu'il partage sa victoire. Mais Silver se contenta de secouer la tête avant de repartir dans un sommeil de plomb. Qu'allait-elle faire de cette empreinte ? Il faudrait qu'elle puisse la comparer avec celles de Pierre. Mais où les trouver ? Le passeport devait être avec le portefeuille, c'est-à-dire à présent au fond de la mer, coincé entre des bulots, emmêlé d'algues visqueuses. Il faudrait faire un relevé identique sur un objet dont elle pouvait être sûre que lui seul l'avait manipulé. Lequel ? Elle avait manié ses pipes, ses stylos, s'était servie de son ordinateur. Depuis cinq jours qu'elle vivait ici, elle avait touché à tout ce qui lui appartenait, les bibelots du salon, la vaisselle, et jusqu'aux cadres photos qu'elle avait examinés de près pour tenter de distinguer dans le regard du fils des intentions criminelles. Restait la chambre, le dernier sanctuaire, où elle n'avait pas mis les pieds. Elle savait qu'il faudrait se résoudre à en pousser la porte mais elle y renâclait. Entrer dans sa chambre, c'était enfreindre le dernier interdit. Jamais elle ne l'aurait fait de son vivant. Franchir ce seuil, c'était admettre, définitivement, qu'il était mort, et elle s'y refusait encore, se révoltait contre la possibilité de cet état définitif. Elle disposa le papier noir bien en vue sur le bureau. Puis se ravisa et le rangea dans une petite boîte de verre à couvercle, dont elle vida le contenu – des trombones, des pièces, quelques punaises.

Silver redressa la tête et se mit à aboyer faiblement, sans conviction, par habitude. Elle posa aussitôt un doigt sur ses lèvres. Le chien se tut immédiatement, comme s'il était soulagé qu'on lui ôtât cette charge : il renonçait à tout, même à faire le chien. Il y avait bien des bruits de pas sur le palier. Elle se dirigea vers la porte, colla son œil au judas. Le visage de Charles de Maisonneuve surgit, monstrueux, enflé par le verre bombé. Le professeur semblait hésiter. Il fixait la porte, fouillait ses poches. Il leva le doigt comme pour appuyer sur la sonnette mais se ravisa au dernier moment. Elle retint sa respiration. Que lui voulait-il ? Que savait-il ? Finalement, il s'éloigna dans les escaliers et on entendit la lourde porte cochère se fermer brusquement. Elle sortit sur le palier. Lui avait-il déposé quelque chose ? Une lettre, peut-être ? Elle souleva le paillasson. Rien. Elle décida de monter. Elle se souvenait qu'il ne fermait pas sa chambre à clef. Avec un peu de chance, elle pourrait y mener ses investigations. Elle caressa longuement Silver, lui assura qu'elle n'en aurait pas pour longtemps. Puis elle se dirigea vers le quatrième étage.

Sur le palier du deuxième, elle rencontra madame Jaouen. Du moins déduisit-elle que c'était la femme de l'industriel en la voyant se déchausser sur le seuil de l'appartement – des bottes de cuir noires qui s'affaissèrent sur le tapis blanc. C'était une femme d'une soixantaine d'années, sans charme et sans grâce, aux traits durs, à la peau tendue artificiellement, dont les lèvres pincées semblaient reprocher au monde de lui avoir imposé tant d'efforts pour quitter des origines qu'on devinait modestes. Elle releva la tête au passage de Marie puis, comme celle-ci la saluait, demanda :

— Alors c'est vous l'attachée de presse de Pierre ? Vous vivez donc toujours chez lui malgré… malgré ce qui s'est passé.

— On ne sait pas ce qui s'est passé.

— On ne sait pas mais on s'en doute. Enfin moi, j'ai mon idée. On a su qu'il avait gagné le Nobel.

Elle disait « gagné le Nobel », à cette expression on devinait qu'elle voyait la vie comme un jeu un peu cruel où quelques chanceux réussissent à emporter de haute lutte ce que d'éternels perdants n'obtiendront jamais.

— Huit millions, ce n'est pas rien.

— Huit millions de couronnes, corrigea Marie.

— Oui… enfin, ça fait beaucoup d'argent. Vous savez, la fortune fait des envieux…

Elle ponctua sa déclaration d'un mouvement de tête appuyé, en plissant les yeux, comme si elle entrevoyait au loin une menace perpétuelle.

— Vous allez rester longtemps ?

— Je ne sais pas…

Qu'est-ce qu'ils avaient tous à vouloir la chasser ? Elle repensait à la phrase de Béatrice : « C'est malsain… » C'est vrai qu'elle aurait pu partir, aller passer quelques jours chez son père ou bien rentrer à Montrouge pour tenter d'oublier toute cette histoire. Mais Silver ? Aurait-elle eu le droit de l'emmener ? À qui appartenait-il à présent ? Personne ne s'en préoccupait. Est-ce que l'Américain comptait le ramener avec lui en Californie ? Ou bien l'abandonner quelque part sur une plage ? Elle imaginait le terre-neuve attaché à un brise-lames, regardant la marée monter sans réagir, le regard vague, rivé au souvenir de son maître. Elle réalisait combien elle s'était attachée à lui. Elle répondit qu'elle restait pour le chien mais elle savait que ce n'était qu'un prétexte. Qu'elle n'aurait pas eu de difficulté à le kidnapper. Quand on a fait disparaître un corps entier… C'était autre chose qui la retenait, comme un sort qui l'assignait à résidence entre les remparts. L'appartement – ses odeurs, le fauteuil de Pierre, la collection de pipes d'écume, les lumières du port – agissait sur elle comme un aimant. Depuis combien de temps y vivait-elle ? Combien de jours, combien de nuits avait-elle passés entre ses murs ? Elle éprouvait en elle ce qu'elle constatait au-dehors : l'abolition du temps. Les marées seules le scandaient, sans à-coups, dans un mouvement subreptice et harmonieux. Le soleil avait la même lumière blafarde que la lune dont il gardait le souvenir et annonçait le retour, brouillant ainsi les frontières entre le jour et la nuit. Le temps ne passait pas.

Soudain, monsieur Jaouen glissa sa tête dans l'embrasure de la porte, salua brièvement Marie, puis s'adressa à sa femme :

— Tu rentres ?

C'était un homme de petite taille, dont les cheveux de jais étaient manifestement teints. Il ne semblait pas agacé par la conversation du palier, plutôt inquiet. Comme s'il avait craint que sa femme parle trop. Ou mal. On les devinait soudés par une même origine dont ils avaient cherché à effacer les signes trop ostentatoires dans un effort commun et continu. Derrière lui, Marie aperçut un appartement très propre, remanié par un architecte d'intérieur qui avait choisi pour l'industriel des meubles aux lignes contemporaines, des tableaux modernes. Peut-être même le tapis angora – dont il ne pouvait imaginer que ses riches clients feraient un paillasson. Marie salua le couple et poursuivit son ascension. La porte claqua et on entendit des voix étouffées – « Au moins, on n'entend plus le chien ». Un instant, elle fut tentée de redescendre et de coller son oreille sur la porte pour écouter la suite. Elle s'y refusa. De quoi aurait-elle eu l'air à espionner ce petit couple de parvenus qui devait maintenant commenter son allure et cet entêtement à demeurer chez un mort ?... À moins qu'ils ne parlassent du mort justement, elle avait l'air tellement persuadée que l'écrivain avait été assassiné... D'où lui venait cette certitude ? Avaient-ils vu quelque chose la nuit du 7 ? Le bureau du professeur au quatrième était trop en retrait pour apercevoir la cale de Dinan... mais le balcon du second ? Même en demeurant derrière la fenêtre, en écartant à peine le rideau, ils auraient parfaitement pu distinguer la voiture de Jean-Jacques Rivalain emportant vers la Touesse le corps de Le Guellec… En avaient-ils été effrayés ? Ou bien soulagés que d'autres se chargent d'effacer les traces de leur propre crime ? Ils étaient, au fond, ceux dont le mobile était le plus évident. Ne rêvaient-ils pas de posséder l'hôtel de Surcouf tout entier et d'asseoir ainsi leur respectabilité parmi les notables de la ville close ? La rénovation du deuxième étage était une première étape, une façon de marquer leur territoire, en attendant de pouvoir refaire l'hôtel des caves au grenier. Or la fortune soudaine de l'écrivain venait contrarier leurs plans. La femme semblait pourtant honnête, incapable de dissimulation. Elle avait parlé sincèrement, sans calcul, Marie en était presque sûre. Mais l'homme ? Marie avait mis sa défiance sur le compte d'une vague gêne. À leurs yeux, elle était la Parisienne venue d'une maison d'édition qu'ils devaient s'imaginer comme un temple de la culture, où de fins connaisseurs parlaient littérature en buvant des cafés en terrasse – cafés dont on ignorait, évidemment, qu'il provenait des usines Jaouen.

Au quatrième, les portes des chambres étaient closes mais elle ne rencontra aucune difficulté à pénétrer dans celle du professeur d'histoire, entre la chambre du marin et celle des serveuses de crêpes. La porte n'était pas verrouillée. À l'intérieur, elle ne trouva plus rien du désordre qu'elle avait découvert lors de sa précédente visite. La pièce était glaciale.

La lucarne laissait entrer une lumière grise un peu fausse et un peu triste. Le plateau du bureau était vide. Les livres avaient été soigneusement empilés sous le bureau, elle dut s'agenouiller pour en lire les titres : *Écrire un roman : les trucs qui marchent*, *L'Anatomie du scénario*, *Psychologie des personnages : manuel pratique*. Rien du programme de l'agrégation. Aucun de ces ouvrages que les éditeurs barraient d'un bandeau à destination des candidats au concours. Elle se laissa tomber sur le lit picot, les bras croisés derrière la nuque. Son intuition était juste. À la fébrilité du professeur, elle avait deviné chez cet homme des ambitions littéraires secrètes, indicibles. Elle savait reconnaître mieux que personne ces serres moites où fermentent les rêves des écrivains, ce besoin d'édifier autour de soi une véritable forteresse avec des romans, des livres aimés, dressés entre l'auteur et le monde comme autant de remparts. Dans l'atmosphère confinée de la soupente, Charles de Maisonneuve ne préparait pas l'agrégation : il caressait le rêve de devenir romancier. Lui aussi. Elle soupira. Décidément, le monde semblait pris d'une frénésie d'écriture. C'était un véritable virus dont elle attirait malgré elle les éléments les plus contaminés. Y avait-il encore quelqu'un qui ne voulait pas écrire de romans ? Elle. Elle n'avait jamais voulu le faire. Depuis toujours, elle se voyait comme un miroir chargé de réfléchir la lumière des autres, non d'émettre la sienne. Elle rêvait de rencontrer quelqu'un qui partageât son absence d'ambition littéraire. On disait que, sur les sites de rencontres, la mention « écrivain » attirait plus de femmes que « bricoleur » ou

« sportif ». Pour elle, c'était l'inverse. Elle aurait pu tomber amoureuse d'un homme qui lui aurait déclaré solennellement qu'il n'écrirait jamais, comme on jure fidélité, les yeux dans les yeux et la main sur le cœur.

Son regard fut attiré par les romans de Pierre posés sur l'étagère qui la surplombait. Elle saisit *Ce qu'il advint des Iroquois*. Marie ouvrit la page de garde et lut : *À monsieur le vicomte de Maisonneuve, en respectueux hommage, votre très obligé Le Guellec*. « Votre très obligé » ? Quel lien unissait donc les deux hommes ? Ce ne pouvait être du professeur qu'il s'agissait, mais probablement de son père, ou même son grand-père. Ils s'étaient donc connus avant que Pierre acquière l'hôtel Surcouf… Elle se rappelait la phrase de la concierge : « Si c'est pas misérable… quand on sait que ses ancêtres vivaient ici comme des pachas, il y a de cela quelques siècles. » Quelques siècles, ici, ça ne voulait rien dire. Quelques siècles, c'était hier. Elle gardait les yeux fixés sur la dédicace sans parvenir à détacher son regard de ces mots : *votre très obligé…* Cela ressemblait si peu à l'écrivain, cela cadrait si mal avec son tempérament indépendant, sa liberté farouche. Il n'avait jamais été l'obligé de personne. Même dans l'édition, ce nouveau Versailles où il était d'usage de faire sa cour pour obtenir les faveurs des grands, il n'avait jamais sacrifié aux bassesses courtisanes. Se serait-il soumis à une autre hiérarchie, une hiérarchie malouine, ancestrale, forgée sur les mers dans les expéditions et les guerres de course ? Charles de Maisonneuve descendait d'une famille d'armateurs. Avant d'enseigner l'histoire, les Maisonneuve l'avaient écrite, à coups de canons, en coulant les navires anglais. Peut-être que les ancêtres de Le Guellec avaient navigué sur ces frégates corsaires avant de partir pêcher la morue sur les bancs de Terre-Neuve… Peut-être les deux familles étaient-elles liées par un pacte secret qui faisait des Le Guellec les obligés des armateurs, pour toutes les générations à venir… Allongée sur le lit de toile, elle imaginait des histoires de corsaires, des vies sauvées du naufrage, des cours de justice improvisées sur le pont d'une frégate, des serments faits sur la plage d'une île déserte, *ce qui se passe à bord reste à bord*… Mais alors comment expliquer que l'écrivain dormît dans le lit du vicomte tandis que son descendant nourrissait des chimères dans sa soupente ? La gloire littéraire avait-elle bousculé les antiques hiérarchies ?

Son esprit se perdait dans d'autres méandres, des considérations vagues sur sa propre vie. Les mots de Béatrice lui revenaient, ceux de madame Jaouen leur faisaient écho : est-ce qu'elle allait rester encore ? Sa vie devait être assez vide pour qu'elle craignît de remettre les pieds dans son propre appartement, qu'elle s'installe si facilement dans celui d'un autre. Celui d'un mort… Elle gardait les yeux fixés au plafond où des taches d'humidité dessinaient des massifs d'ombre, une chèvre, un arbre, des nuages effilochés. Au fond, cette affaire agissait comme un révélateur d'elle-même, de la vie qu'elle s'était choisie. Ou imposée. Mieux que la farine avec les empreintes digitales, les événements faisaient apparaître les vides de son existence, les demi-mensonges, les concessions. Elle était entrée dans l'édition pour pousser un manuscrit qui n'en valait pas la peine. Depuis quinze ans, à cause de cette méprise, elle accompagnait des auteurs, relançait des journalistes, archivait des articles de presse. Est-ce qu'elle en avait fini avec cette dette morale ? Est-ce qu'elle avait payé assez cher ses illusions filiales ? Pierre Le Guellec était son premier Nobel et son dernier écrivain. Que pourrait-elle faire après ça ? En fermant les yeux, elle revoyait ce matin où Alexandre et Béatrice étaient entrés dans son bureau, très excités, une bouteille de champagne à la main, pour lui annoncer la nouvelle. Elle se souvenait de la vague de joie très pure qui avait balayé ses doutes et ses fatigues, de cette émotion qui avait soudain récompensé des années de travail obscur. Elle avait pensé alors *c'est justice*, et c'était comme si le monde littéraire s'éclairait d'un coup, comme s'il acceptait, l'espace d'un instant, de se conformer à l'idée qu'elle s'en était faite en y entrant, une idée de mérite et de logique, où le talent seul était récompensé. Ensuite reprendrait le grand tâtonnement, les incertitudes, les succès auxquels on ne comprenait rien, les bonnes idées qui échouaient, et il faudrait accepter cette course au best-seller à laquelle tous se livraient sans boussole et sans recette, aveugles guidés par d'autres aveugles. Quant à son célibat, il était le produit de plusieurs relations avortées, des hommes égoïstes qui avaient pris ombrage de son travail, se plaignaient qu'elle ne fût jamais disponible et se moquaient d'un dévouement dont personne ne lui savait gré. À bientôt trente-six ans, il lui semblait improbable qu'elle ait un jour un enfant et, depuis quelque temps, cette pensée creusait en elle un regret, vif comme une blessure. Quelle mère aurait-elle été, elle qui ne savait rien de l'amour maternel que ces cartes postées d'Australie – toujours les mêmes, l'Opéra de Sydney, un masque aborigène, l'océan Indien, un koala sur le dos de sa mère –, des images griffonnées des mêmes mots : *J'espère que tout se passe bien au collège, bravo pour ton bulletin, bisous* ? On ne se lance pas dans l'aventure de la maternité avec pour seul guide des images de surf et de koalas. Il lui aurait fallu tout apprendre, les gestes, les paroles, tous les principes d'éducation qu'on ne lui avait jamais inculqués parce qu'elle n'en avait pas besoin : elle avait compris d'elle-même qu'il fallait qu'elle donne à son père le bonheur dont sa mère l'avait privé, qu'elle soit sage, et calme, et bonne élève, bref une consolation.

Soudain, elle se redressa sur un coude. Elle avait entendu, de l'autre côté de la cloison, des bruits de ressorts, des froissements et une voix. Qui était-ce ? Le marin était donc rentré ? L'avait-il entendue ? Elle se leva mais hésita à sortir, craignant que le grincement du parquet ne révèle sa présence. À nouveau la voix. C'était celle d'une femme. Une odeur de cigarette s'infiltrait sous la porte. Elle profita d'un bruit de casseroles pour l'ouvrir. Celle d'à côté grinça à son tour, et elle se retrouva nez à nez avec une fille aux longs cheveux bruns qu'elle reconnut comme la Canadienne du troisième. Elles se dévisagèrent en silence et il lui sembla que l'autre cherchait quelque chose à lui dire, comme si elle voulait engager la conversation. Que faisait-elle à l'étage ? Était-elle la maîtresse du marin ? Et pourquoi Charles avait-il affirmé que la chambre était vide ? À nouveau cette impression poisseuse : ils étaient tous de mèche et ils l'observaient se débattre dans son enquête comme ces abeilles qu'on emprisonnait l'été sous un verre retourné. Marie salua et descendit l'escalier en courant.

Sur le palier du premier, son père l'attendait, un plateau de fruits de mer dans une main, une bouteille de vin blanc dans l'autre.

14

13 décembre, soir

Les reliefs d'un plateau de fruits de mer forment rarement un tableau. Mais dans l'appartement de l'écrivain, peut-être à cause de la lumière, ou bien des boiseries dorées, ou encore des chandeliers posés sur la table, la fin du dîner ressemblait à une nature morte du XVIIIe siècle. Devant les carcasses de langoustines, Marie racontait à son père l'évolution de la situation et il l'écoutait attentivement, hochant la tête régulièrement comme s'il approuvait, comme si le déroulé des événements suivait l'ordre qu'il leur avait intimé. Il balayait l'hypothèse d'un complot sous les toits. Le prof lui avait menti en disant qu'il préparait l'agreg, et alors ? Il écrivait un roman en cachette de sa femme ? C'était plutôt un signe d'intelligence. Pour peu qu'on soit assez humble ou lucide, ce n'est pas le genre de chose qu'on aime à crier sur les toits. Quant à la Canadienne, qu'elle couche avec le marin était son affaire. Marie insistait : les Iroquois, les livres de Pierre dans la soupente, la dédicace… tout convergeait quand même vers l'écrivain. Son père haussait les épaules, tu vois des signes partout. Quant aux Jaouen, c'était ceux qui avaient le mobile le plus solide, c'est vrai. Mais alors, pourquoi lui auraient-ils parlé d'un crime ? Ils n'avaient aucun intérêt à la mettre sur cette piste. Ils auraient dû au contraire chercher à faire croire à une disparition de l'écrivain, en rappelant que la liberté lui importait plus que les honneurs ! Il lui resservit un verre de muscadet. Restait l'énigme des retraits d'Orly. Et la maison Brodin qui maintenait l'illusion d'une disparition. Quel intérêt avaient-ils à le faire ? Auraient-ils pu falsifier le relevé de la banque ? Ou bien retirer l'argent eux-mêmes avec la carte de Pierre Le Guellec ? Après tout, Béatrice et Alexandre se trouvaient à Orly le 8 décembre... Évidemment, il était à présent impossible de vérifier que la carte bancaire de Pierre était bien dans son portefeuille.

— Mais j'ai relevé des empreintes digitales sur les bouteilles vides ! s'exclama Marie.

Son père eut un drôle de rictus et elle mesura aussitôt la puérilité de sa démarche, son évidente naïveté. Elle se souvint des tours de magie qu'elle lui faisait le soir, dans la cuisine, en rentrant du collège, des tours de cartes auxquels il faisait semblant de croire. À quoi lui serviraient les empreintes prélevées sur les bouteilles si elle ne pouvait les comparer à aucune autre ? Elle eut honte tout à coup de ses prétentions d'enquêteur, les moyens employés lui parurent ridicules en comparaison du grand mystère où ils se débattaient ensemble. Elle eut un mouvement de découragement. Tout lui semblait vain à présent, inutile. Que l'on trouve ou non les raisons du décès de Pierre Le Guellec, qu'est-ce que ça changerait ? La maison Brodin continuerait de vendre ses livres, Charles de Maisonneuve écrirait son roman, les Jaouen rachèteraient l'immeuble et la Canadienne trouverait une autre adresse pour coucher avec le marin. Saint-Malo garderait ses portes closes et ce secret rejoindrait d'autres secrets soigneusement conservés à l'abri des remparts. On mettrait une plaque sur la façade de l'immeuble, à côté de celle qui rappelait *Ici vécut le corsaire Robert Surcouf*, un bloc de marbre payé par le service culturel de la mairie qui dirait *Ici vécut Pierre Le Guellec, Prix Nobel de littérature*. Et ce serait tout.

— Tu te souviens de ce que disait Maigret ?

Il en parlait comme s'ils l'avaient bien connu, comme si le commissaire à la pipe était un de leurs amis communs. Il l'était un peu en effet, il avait partagé l'intimité de leurs soirées solitaires, dans l'appartement de Viroflay où ne venait jamais personne – il refusait d'inviter des collègues au prétexte de ne pas « tout mélanger », elle n'amenait pas d'amis le week-end, parce que son père avait besoin de silence pour écrire.

— Les meilleurs crimes sont toujours les moins préparés. Une simple fripouille s'en sortira alors qu'un intellectuel se fera prendre à force de vouloir trop fignoler. Ça ne te dit rien ? Maintenant il est temps d'entrer dans la chambre de Le Guellec… Et d'aller voir un peu ce qu'il avait dans sa valise, ton écrivain.

Il disait « ton écrivain » comme autrefois, quand elle l'appelait pour décommander leurs week-ends et qu'il répondait agacé : « Il ne sait pas conduire, ton écrivain ? », « Ton écrivain ne peut pas se débrouiller seul ? », etc. Elle aurait pu se vexer mais en vérité elle était heureuse qu'il soit là, qu'il ait apporté des fruits de mer et du vin blanc, qu'il ait donné à cet appartement un air de fête, le temps d'une soirée. D'ailleurs c'était bientôt Noël, qu'est-ce qu'il avait prévu ?

— Je ne sais pas, et toi ?

— Rien.

Entre eux, il y avait le souvenir des réveillons de Viroflay, cette gaieté un peu factice du salon éclairé par les guirlandes électriques qu'elle installait seule, parce qu'il n'avait jamais eu de goût pour ce genre de choses. Il se rattrapait en se mettant aux fourneaux pour concocter son repas de fête – saumon, huîtres, plateau de fromages, bûche glacée. Exceptionnellement, ils dînaient dans le salon, puis l'un d'eux proposait d'allumer la télévision et ils finissaient la soirée dans le canapé devant des chanteurs de variété en tenues criardes qui réinterprétaient *White Christmas*. Le lendemain ils visitaient les grands-parents, les uns dans leur pavillon de Meudon, les autres dans leur appartement de Normandie. On se mettait à table, on mangeait trop, son père répondait laconiquement aux mêmes questions, la santé, la banque, et les études de Marie, qu'est-ce qu'elle ferait plus tard ? Vers dix heures, ils rentraient à Viroflay par l'A13, lui concentré sur la route, son profil éclairé par la lumière des phares, elle allongée sur la banquette arrière, légèrement écœurée à cause des chocolats et de l'odeur du cuir. Il mettait une cassette d'Herbert von Karajan, *La Moldau,* qu'il fredonnait dans les embouteillages, pont de Saint-Cloud. D'abord, il y avait eu quelques jouets qu'on jetait dans le coffre, un ours en peluche sur la banquette arrière, ensuite des enveloppes glissées discrètement à l'heure du départ, pour tes menus plaisirs. Marie les fourrait dans ses poches sans les ouvrir, par pudeur, merci beaucoup mamie.

La chambre de Pierre se situait au bout du corridor, à droite. Marie avait toujours connu la porte close. Même autrefois, quand elle restait dormir chez lui, elle ne l'avait jamais surpris entrant ou sortant de sa chambre. Lorsqu'elle s'éveillait, il était déjà levé depuis longtemps et revenait de la ville par les remparts, Silver à ses côtés, les bras chargés de pain frais, les joues rougies par l'air du large, les yeux brillants. Elle l'attendait dans la cuisine où coulait le café, il déposait les baguettes sur la table en annonçant : « C'est marée basse ! Finissez vite vos tartines, Marie, nous allons rendre visite à Chateaubriand ! »

Ce fut Jean-Jacques Rivalain qui ouvrit la porte. Le parquet grinçait. Ils demeurèrent un instant immobiles sur le seuil, frappés par le désordre de la chambre, pièce immense où trônait un lit en merisier massif. Autour, c'étaient des vêtements jetés en vrac, des piles de livres, des lettres décachetées, des revues maritimes, des instruments de navigation, le calendrier des marées de l'an passé, des bottes de caoutchouc, un ciré, une canne à pêche. Ça sentait l'encaustique, le chien et le tabac. La chambre n'était pas chauffée, il y faisait un froid glacial.

— Hum… ça ne ressemble pas à la chambre d'un homme qui aurait projeté de disparaître… remarqua son père.

Silver se faufila derrière lui et, à la façon dont il sauta sur le lit pour s'y allonger, on devinait qu'il n'avait pas souvent dormi dans son panier. Elle entra à sa suite d'un pas lent, en enjambant les objets disséminés, les yeux fixés sur les tableaux accrochés aux boiseries de chêne – des marines, le portrait d'un évêque, celui d'une femme en crinoline et coiffure à bandeaux. Au-dessus du grand lit de bois, encadré de dorures XVIIIe, un large tableau représentait un homme en habit, une longue-vue dans sa main droite. Au fond, à demi cachée par un rideau de velours cramoisi, on distinguait une frégate qui arborait un pavillon aux armes de Saint-Malo. Elle ne fut pas surprise de lire le nom de Maisonneuve près des armes de la famille peintes dans l'angle droit. Elle considéra le portrait : il avait des traits communs avec sa descendance mais son allure montrait plus d'assurance, plus de fierté. Quant à la calvitie précoce, on ne pouvait deviner si c'était là une fatalité génétique, le crâne de l'aïeul étant dissimulé sous une perruque poudrée à triples rouleaux. Son père avançait en explorateur, attrapait parfois sur le sol un livre dont il feuilletait les pages poussiéreuses, examinait une dédicace. Ils visitaient en silence ce territoire inconnu, saisis par une sorte de crainte respectueuse comme on en éprouve dans les sanctuaires ou les cimetières. Ce fut au moment où elle voulut ramasser des photos éparpillées sur le parquet qu'elle aperçut sous le lit la valise, une valise en cuir marron aux serrures de bronze.

— Regarde !

Son père s'approcha. Ils étaient là tous les deux, interdits devant la valise, comme si celle-ci contenait tous les secrets du mort et qu'ils voulaient retarder encore le moment de faire la lumière sur sa vie. Jean-Jacques Rivalain tenta de l'ouvrir mais ses doigts étaient engourdis par le froid et les serrures étaient fermées à clef.

— Il faudrait des tenailles… ou un tournevis.

Puis levant la tête vers elle :

— Il a ça ?

Elle n'en savait rien. Il proposa d'aller chercher les outils dans sa voiture, laquelle était garée au pied des remparts. Restée seule dans la chambre, elle se laissa tomber sur le lit, sous le regard du vicomte de Maisonneuve, et se frictionna les bras pour tenter de les réchauffer. Mais une angoisse la tenaillait. La chambre donnait sur une cour intérieure, un puits sombre, sans vis-à-vis. Pourtant, par mesure de précaution, elle ferma les volets intérieurs, deux panneaux de bois sculptés, puis alluma le plafonnier – un vieux lustre dont deux ampoules étaient grillées. Elle croisa son reflet dans le trumeau qui surplombait la cheminée de marbre et détourna le regard. C'était absurde de se sentir si coupable. Tout le monde dans cet immeuble l'était sans doute, d'une façon ou d'une autre, et pourtant c'était elle qui portait toute la responsabilité, comme si, en la désignant pour se débarrasser du corps, les criminels l'avaient aussi chargée du poids moral de leur acte.

La porte de l'entrée grinça. Elle crut que son père était de retour et en fut soulagée.

— Papa ? Tu as trouvé ?

Pas de réponse. Elle entendit des pas sur le parquet. Silver, abattu sur le lit, ne redressa même pas la tête. Elle répéta plus fort :

— Papa ?

Pas de réponse. Toujours le grincement des lattes de parquet, plus faible pourtant, plus lointain. Elle voulut quitter la pièce, renversa une pile de livres, eut juste le temps de passer une tête dans le couloir pour apercevoir une silhouette s'éclipser. Qui était-ce ? Il lui avait semblé reconnaître les cheveux bruns de la Canadienne mais elle en venait à douter de ses propres perceptions. L'individu avait profité de ce que la porte avait été laissée ouverte pour entrer. Mais pour quoi faire ? Elle revit la silhouette de Charles de Maisonneuve immobile devant sa porte, son geste hésitant en direction de la sonnette. Décidément, l'appartement de Pierre Le Guellec attirait les habitants de tout l'immeuble. Est-ce qu'on ne disait pas que l'assassin revenait toujours sur les lieux de son crime ?

— Eh bien ? Tu as l'air sonnée, demanda son père en entrant dans l'appartement.

— Quelqu'un est entré… Tu avais laissé la porte entrouverte ?

— Entré ? Dans le couloir ?

— Je dirais qu'il est allé jusqu'au salon.

— Et il n'a rien pris ?

Comment le savoir ? C'était un tel capharnaüm…

— Je crois l'avoir mis en fuite avant. Tu n'as croisé personne dans l'escalier ?

Il secoua la tête d'un air dubitatif puis brandit une trousse à outils.

— Avec ça, on devrait savoir ce que ton écrivain voulait emporter en Suède… et d'abord s'il comptait réellement s'y rendre.

Mais les serrures ne voulaient pas s'ouvrir. Il fallut forcer avec les pinces d'abord, puis les tenailles, avant de réussir enfin avec le tournevis. Les deux pattes de métal sautèrent et le couvercle se souleva. À l'intérieur, ils découvrirent un téléphone éteint, une trousse de toilette et quelques vêtements – des marinières un peu usées aux coudes, un pantalon de toile, une paire d'espadrilles. Pas vraiment ce qu'on emportait en Suède en plein mois de décembre. Elle souleva précautionneusement une chemisette de coton blanc et s'arrêta net en découvrant dessous des liasses de billets de banque retenus par des élastiques épais. Ils étaient bien rangés, alignés comme dans une boîte de Monopoly, et leurs couleurs – jaune, vert, violet – contribuaient à leur donner ce caractère factice, presque ludique. Son père dut avoir la même idée car il en saisit un et le tendit à bout de bras, devant l'ampoule du lustre qui fonctionnait encore.

— Ce sont des vrais… siffla-t-il. Apparemment, ton écrivain voulait prendre la tangente.

La tangente ? Où voulait-il aller ? Marie approcha sa main des billets sans oser les toucher. Elle n'avait jamais vu une telle somme. C'étaient des euros, pas des dollars comme dans les films où les héros sont des faux-monnayeurs ou des trafiquants d'armes. À la limite, elle aurait préféré ça. Une valise pleine de dollars aurait eu du panache, quelque chose de romanesque : une affaire d'espionnage, des démêlés avec la Mafia… Elle imaginait des règlements de comptes liés aux années où il était mousse, un trésor ramené d'une expédition à Terre-Neuve. Là, ça aurait eu de la gueule. Tandis qu'il n'était qu'un épargnant précautionneux qui avait caché une petite fortune sous son lit pour pouvoir s'échapper au soleil, c'était banal et médiocre. Elle ne parvenait pas à faire coïncider l'auteur de *L'Île interdite* avec cette image mesquine de petit-bourgeois. L'avait-elle idéalisé ? L'avait-elle confondu avec les personnages de ses romans ? L'histoire de l'édition était pleine de ces méprises. Elle n'était pourtant pas une lectrice dupée à distance, elle l'avait côtoyé, il était son ami, ils avaient échangé des heures entières. Est-ce qu'au cours de ces soirées, il jouait un rôle ? Elle était déçue, se sentait trahie. Il avait projeté de partir et ne lui en avait rien dit. Il les aurait abandonnés, elle et le chien, sans au revoir, sans explication, et tout ça pour quoi ?

— Ou pour qui ? suggéra son père. Tu ne t'es jamais dit qu'une femme l'attendait quelque part ?

Non, elle n'y avait jamais pensé. Par une pudeur naturelle, elle ne songeait pas plus à la vie amoureuse de l'écrivain qu'à celle de son père. Maintenant, elle revoyait des visages, des lectrices qui envoyaient des courriers enamourés aux Éditions Brodin, des Bovary bouleversées par sa prose – dont on riait parfois à la pause-café, avec une ironie cruelle, surtout de celles qui joignaient leurs photos, des poses timides sur une plage de Bénodet ou dans une forêt de Bourgogne. Mais quel besoin aurait-il eu de se cacher pour retrouver l'une de ces prétendantes ? Elle préférait imaginer un départ définitif motivé par une liaison exotique et mystérieuse, une Tahitienne à la peau d'or, alanguie sous un santal comme dans les tableaux de Paul Gauguin. Elle se souvenait d'un été où sa mère l'avait emmenée sur les îles de l'Océanie, de son éblouissement silencieux, du ravissement qu'elle avait si bien caché – elle avait quatorze ans et l'envie de tout gâcher pour lui faire payer le prix de son abandon.

— Eh bien, quand je pense que tu voulais me faire croire qu'on gagnait mal sa vie en écrivant… siffla son père en remettant en place les vêtements sur les billets. On sait maintenant qui a vidé les bouteilles des droits d'auteur…

— Justement. Je commence à me demander si c'étaient vraiment ses droits d'auteur… Ces étiquettes, le coup des cuvées au nom de ses romans… c'était peut-être faux. Ça ne te semble pas curieux qu'un homme puisse retirer autant d'argent pour l'entasser dans sa cave ? Qui fait encore ça aujourd'hui ? Ces billets, c'était peut-être… en échange d'un service…

— … ou de son silence.

À nouveau, elle pensait à la dédicace dans l'exemplaire du père de Maisonneuve : *A monsieur le vicomte de Maisonneuve, en respectueux hommage, votre très obligé Le Guellec.* L'écrivain était l'obligé de l'armateur, peut-être aussi son débiteur ? Qu'est-ce qui liait les deux familles ? Et comment l'hôtel des uns était-il passé entre les mains de l'autre ? Charles avait parlé d'un promoteur qui avait fait faillite… Il aurait fallu remonter au quatrième étage pour en savoir davantage. Elle irait dès le lendemain. Pour l'heure, elle devait refermer la valise, la remettre sous le lit. Et vivre avec cette fortune, cent mille euros au bas mot, cachée à quelques mètres d'elle.

— Que va devenir cet argent ?

— En cas de disparition, les héritiers doivent attendre dix ans. Si Le Guellec ne donne aucun signe de vie pendant ce laps de temps, il sera officiellement « disparu » et on pourra procéder à la succession.

— Et en attendant ?

— J'imagine qu'on met une sorte de scellé… hasarda son père en refermant la porte derrière eux.

Sur le seuil, alors qu'il s'apprêtait à sortir, il ajouta :

— Je reviendrai demain.

— Tu es sûr ?

— Bah, maintenant que je n'ai plus le voilier ! En attendant, sors un peu. Tu as mauvaise mine. Et le chien aussi.

Et il caressa sa joue affectueusement. Cela faisait si longtemps que personne n'avait eu pour elle un geste tendre qu'elle saisit son poignet pour retenir sa main.

Avant de se coucher, elle revint vers le bureau de Le Guellec et alluma son ordinateur. Elle cherchait un billet d'avion pour les îles, une destination exotique, Tahiti, les Marquises, Bora-Bora… Rien. Elle voulut revoir les tableaux de Gauguin, les femmes de Tahiti. Le moteur de recherche indiquait ses précédentes recherches et elle se demanda ce qu'un inspecteur de police pourrait penser d'un historique qui affichait : relever des empreintes digitales / dépression du chien / règles de succession / attaque cardiaque / traitement Alzheimer. Puis le tableau de Gauguin s'afficha en plein écran et ce fut comme une déflagration de couleur et de lumière au milieu de l'obscurité. En légende, une citation de l'artiste : *Puisse venir le jour (et peut-être bientôt) où j'irai m'enfuir dans les bois sur une île de l'Océanie, vivre là d'extase, de calme et d'art.* Est-ce que Pierre avait nourri pareille ambition ? Elle faisait défiler les toiles, les observait attentivement, et son imagination se figurait l'écrivain, allongé sur une plage, les pieds nus, vêtu d'une marinière légère, une pipe d'écume à la bouche. À ses côtés, une femme jeune aux cheveux lourds, aux seins dorés, se prélassait. Au loin, la frégate du tableau de Maisonneuve oscillait sur une mer sans rides. L'écrivain regardait Marie en souriant, il disait : « Pardonnez-moi, Marie, moi aussi, je cherchais *un ciel sans hiver.* » Elle ouvrit brusquement les yeux.

Il était plus de minuit. Silver dormait, le museau entre ses pattes, sous le bureau de son maître.

Alors, elle éteignit l'écran et soudain l'hôtel tout entier fut plongé dans l'obscurité comme un vaisseau qui lève l'ancre pour la traversée de la nuit.

15

14 décembre, matin

Il n'existait pas de dossier « Location » sur l'ordinateur de l'écrivain mais Marie avait trouvé sur le bureau une chemise en carton qui réunissait les contrats imprimés. L'un d'eux était signé d'une certaine Kateri Pelletier résidant à Québec et stipulait : *La présente location est consentie du 5 au 10 décembre. La réservation deviendra effective dès que le locataire aura fait parvenir au propriétaire un chèque au nom de monsieur Pierre Le Guellec,* etc. La concierge avait vu juste : la locataire du troisième étage avait profité de la disparition de Pierre Le Guellec pour prolonger son séjour dans l'appartement.

Marie hésitait. Devait-elle en référer à Claire Gauthier qui prétendait gérer les locations saisonnières de Pierre ? Ou bien se rendre chez la jeune femme pour exiger son départ ? Fallait-il appliquer une pénalité pour les quatre jours supplémentaires ? Et que faire de l'argent ainsi perçu ? L'ajouter à la somme contenue dans la valise de cuir ? Marie s'était promis de ne plus l'ouvrir. Au milieu de la nuit, elle s'était réveillée en sursaut en pensant aux empreintes digitales déposées sur le couvercle. À la lumière défaillante du lustre, grelottant de froid dans sa chemise de coton, elle avait essuyé avec une serviette-éponge les traces laissées sur le bagage avant de retourner se coucher.

Donc Kateri Pelletier était une locataire clandestine. Cela rendait encore plus surprenante l'aisance de la jeune femme, qui se déplaçait dans l'immeuble comme chez elle, avec un naturel déconcertant. Elle survolait les marches de l'escalier, foulait de ses bottes la rose des vents du vestibule, retrouvait son amant sous les toits... Peut-être même était-ce elle qui avait pénétré la veille dans l'appartement de l'écrivain pendant que son père était allé chercher ses outils dans sa voiture. Elle était ici *comme chez elle*. D'où lui venait cette familiarité ? Elle ne semblait pas s'inquiéter du terme de son séjour, ou qu'on eût pu lui reprocher de l'avoir outrepassé. Décidément, il y avait trop de mystère autour de Kateri Pelletier pour que Marie laissât à la concierge le soin de lui signifier son congé, elle devait s'y rendre par elle-même.

Mais la Canadienne n'était plus là. Marie frappa longuement à la porte de l'appartement sans obtenir de réponse. Est-ce qu'elle serait allée rejoindre son amant pour la nuit ? L'aube se levait à peine sur le port qu'un crachin noyait de gris. Elle ne tarderait sans doute pas à redescendre. Et si elle s'était envolée définitivement, sans même régler le solde de sa location ? Cette possibilité l'assaillit d'une angoisse nouvelle. Pas à cause du bail dépassé de quatre jours. Plutôt à cause du reste. D'une intuition, d'un pressentiment tenace que la disparition soudaine de la jeune femme confirmait… Marie avait peut-être eu sous les yeux la meurtrière de Pierre Le Guellec, elle l'avait croisée à tous les étages de l'immeuble et elle l'avait laissée filer… Peut-être même avait-elle emporté de l'appartement de l'écrivain des papiers, des éléments compromettants.

— Je peux vous aider ?

Elle sursauta et se retourna brusquement. C'était Claire Gauthier.

— J'ai vérifié le contrat de location. Le séjour de mademoiselle Pelletier aurait dû se terminer le 10 décembre.

— Ah, ah… qu'est-ce que je disais, hein ? Et maintenant, l'oiseau s'est envolé ? Ben voyons !

Elle était si heureuse d'avoir eu raison que ce sentiment semblait occulter le désagrément de cette disparition.

— Quand j'ai fait son entrée dans les lieux, j'ai senti que cette locataire était bizarre… Louche, si vous préférez. Elle n'écoutait rien. Je lui expliquais pour la douche, le chauffage… Visiblement, ça ne l'intéressait pas. Les vacanciers sont comme ça, ils croient tout savoir. Après ça, ils vous mettent deux étoiles sur le site de la location parce qu'ils n'ont pas compris comment marchait le mitigeur…

— Est-ce que Pierre Le Guellec a vu cette jeune femme ?

— Certainement pas. Il ne s'occupait jamais des locations. Il disait que je faisais ça très bien. Mieux que lui. Je crois surtout que ça le mettait mal à l'aise. Il n'aimait pas l'idée de devoir héberger des touristes pour arrondir ses fins de mois.

Remarquez, je comprends. Moi non plus je ne dirais pas aux clients que je fais des ménages pour compenser les jours où la boutique est fermée. On a chacun ses secrets, l'important c'est de donner le change, pas vrai ?

Claire Gauthier n'avait pas de double des clefs… Elle proposa de regarder dans le bureau de Le Guellec mais Marie déclina la proposition. Elle savait où chercher. Tandis qu'elle redescendait au premier, la concierge lui lança par-dessus la rambarde :

— C'est embêtant si la fille est partie avec la clef. Je voudrais pas avoir d'histoires… surtout avec tout ce qui se passe en ce moment… Il paraît que le fils de m'sieur Le Guellec va venir, vous saviez ?

Dans l'entrée, un tableau à clous comme ceux qu'on voyait dans les hôtels exposait les clefs des différents logements. Marie se saisit de celle marqué *3ᵉ*, remonta deux étages, ouvrit la porte brusquement, comme pour prendre la locataire sur le fait.

Sur quel fait ? L'appartement était vide, parfaitement rangé. Elle traversa le salon dont on se demandait s'il avait été réellement occupé. Seule la télévision, restée allumée, attestait d'une présence. C'était une de ces locations à la décoration impersonnelle, avec des meubles suédois et une reproduction des *Nymphéas* encadrée au mur. Elle en éprouva une sorte de malaise, à cause du souvenir qu'elle avait des dernières vacances avec ses parents, cet été où ils avaient loué à La Baule un trois-pièces vue sur mer. Elle se souvenait du silence autour de la table, dans le salon où elle faisait ses devoirs de vacances tandis que sa mère regardait au loin, vers le large qu'elle rêvait de prendre, absente, nerveuse, irritable. La nuit, Brigitte Rivalain dormait sur le canapé, son père, silencieux et inerte, faisait des mots croisés. Le matin du départ, ils l'avaient accueillie dans la cuisine avec des croissants, Marie nous devons te parler. Ce qu'ils avaient dit, elle ne s'en souvenait plus, elle n'avait pas écouté. Elle était entièrement hypnotisée par cette image qui s'était fichée en elle comme la lame d'un couteau : les yeux rouges de son père assis près de la fenêtre, le front entre ses mains. Depuis ce jour elle avait détesté les locations saisonnières, ces lieux désactivés aux murs trop blancs, aux chambres trop nettes, ces cuisines désinfectées comme la salle d'opération où ils avaient débranché son enfance avant son terme, une euthanasie légale, ratifiée par le juge aux affaires familiales.

Sur la table basse, des journaux étaient consacrés à l'affaire Le Guellec. Qu'est-ce que cela prouvait ? Rien du tout. Tous les journaux affichaient en couverture le Prix Nobel disparu. Marie pénétra dans la salle de bains. Une trousse de toilette en plastique transparent laissait voir une brosse à dents, des élastiques, un peigne avec de longs cheveux noirs entre ses dents. Une robe rouge suspendue à un cintre. Kateri Pelletier n'était pas partie. Elle poursuivit sa visite sur la pointe des pieds, en retenant son souffle, attentive au moindre bruit. Il lui semblait que la locataire se cachait quelque part, derrière une porte ou un meuble, comme un chasseur guettant sa proie, prête à surgir à tout instant. Que se passerait-il alors ? Comment Marie justifierait-elle sa présence ? Elle était certaine pourtant qu'elle n'aurait pas besoin de s'expliquer. Que l'autre, depuis la mort de Pierre, attendait sa venue.

Dans le salon, une voix nasillarde vantait les vertus d'un presse-agrumes. La chambre était plongée dans l'obscurité. Marie ouvrit les volets ; le ciel, essoré par une nuit de pluie, avait une teinte de flanelle sale. Elle revit le visage de Pierre Le Guellec sur la plage tahitienne, ses hallucinations de la nuit baignées de soleil, *pardonnez-moi, Marie, je cherchais un ciel sans hiver.* Une lumière blême pénétra dans la pièce, éclairant le lit défait où gisait un livre dont la couverture représentait un croquis d'Indienne dans le style carnet d'explorateur du XVIIIe. C'était une réédition en format poche du roman de Pierre, dont les pages avaient été cornées. Marie n'en fut pas surprise. Il semblait admis que personne, entre les murs de l'hôtel Surcouf, ne puisse lire autre chose que l'œuvre du propriétaire. En observant la couverture, elle fut saisie d'un vertige : le portrait de la couverture du roman, c'était celui de la locataire elle-même. Le nez busqué, les pommettes saillantes, les cheveux longs, très noirs, de Kateri Pelletier coïncidaient avec ceux de l'héroïne, une femme un peu sauvage qui guidait le narrateur dans sa quête. Le personnage était venu habiter sous le toit de son créateur. Sur la page de garde, il n'y avait ni nom ni dédicace. Une photo faisait office de marque-page. Une photo de Pierre Le Guellec dont le bras enlaçait une femme qui ressemblait à Kateri Pelletier. Un sourire éclairait le visage de l'écrivain à la peau glabre, bronzée, sans rides… quel âge pouvait-il avoir ? Quarante ? Cinquante ans ? Ses cheveux grisaient déjà mais son allure avait quelque chose de rajeuni… ou plutôt de juvénile. Lui avait-elle déjà vu cet air-là ? Quand elle l'avait connu, elle n'avait pas trente ans et il lui semblait déjà un homme mûr, une sorte de patriarche universel, sédentaire, solitaire, avec sa pipe et sa barbe grise. Mais avant – et cette vérité-là éclatait sous ses yeux – il avait vécu, il avait voyagé, il avait aimé. Pas des Tahitiennes aux corps alanguis comme elle l'avait rêvé, mais une Indienne vêtue d'une robe rouge, qui souriait de toutes ses dents à l'objectif. Une femme qui ressemblait à Kateri Pelletier, qui pouvait être sa mère, ou une parente…

— Dix ans de moins, mesdames, sans effort et sans chirurgie !

Dans le salon, la présentatrice du téléachat promettait aux téléspectateurs la jeunesse éternelle grâce à une crème miracle. Marie quitta la chambre. Il fallait qu'elle parte, elle ne pouvait réfléchir calmement dans cet environnement où tout était un indice dont elle ne parvenait pas à déchiffrer le sens. Tout aurait dû s'éclairer, mais en vérité, tout devenait de plus en plus sombre, comme si l'avalanche de signes enfouissait la vérité sous d'autres couches de mystères, les alluvions d'un mensonge général. Sa respiration devenait difficile, elle étouffait, elle traversa le séjour, sortit précipitamment, descendit les escaliers en courant et ouvrit la porte cochère. Dans la rue, elle reprit un peu son souffle, comme un noyé qui sort la tête de l'eau. Elle leva les yeux : au-dessus des remparts le ciel égouttait sa bâche grise. La pluie tombait sur ses cheveux, pénétrait ses vêtements. Elle la laissa couler, la tête tournée vers la cendre du ciel. Elle était trempée mais elle respirait mieux.

— Eh bien ? Vous êtes toujours là ? Ce n'est pourtant pas un temps à rester dehors !

Elle sursauta. Une voiture s'était arrêtée à sa hauteur. Par la fenêtre avant dépassait la tête du conducteur. Elle reconnut le chauffeur de taxi du premier jour et s'étonna de sa présence. Il semblait la suivre, ou la devancer, comme si on l'avait posté aux différentes stations de son enquête pour en vérifier l'avancée. Elle voulut répondre quelque chose mais déjà la voiture redémarrait dans un mouvement cahoteux sur les pavés de la rue. Son bras, par la fenêtre, lui adressa un signe mais elle n'aurait pu dire si c'était un encouragement, ou un adieu.

Son téléphone vibra dans sa poche. C'était un message de son père. Il insistait : *Sors donc, change-toi les idées ! Je n'aime pas te savoir seule dans cet appartement.* Il avait raison, naturellement. Elle remonta la rue de Dinan en direction de la place du Pilori. C'était nouveau, cette sollicitude à son égard. Elle n'aurait pu dire si cela lui faisait plaisir ou créait, à force d'insistance, une sorte de malaise. Comme s'il avait voulu l'éloigner. Ou pire : la détourner de son enquête.

16

14 décembre, matin

Il n'avait pas été un de ces pères qui vous abreuvent de conseils. Il ne lui avait jamais dit « Mets ton écharpe », « Lave-toi les mains », « Apprends tes leçons ». Il l'avait laissée vivre et elle s'était conformée à ces règles muettes qu'elle devinait seule, lui épargnant ainsi de devoir les énoncer. Sa mère autrefois avait eu ce genre d'injonctions mais du jour où elle s'était « trouvée », comme elle aimait à le répéter, elle avait changé de disque, intimant à sa fille de s'amuser, de profiter de la vie, de prendre soin d'elle. Ces conseils, Marie avait jugé qu'elle était libre d'y rester sourde, d'autant que la distance entre Sydney et Viroflay en atténuait l'écho. Elle était restée, irrémédiablement, fidèle aux premières, brosse-toi les dents, finis ton assiette, comme si ces formules attachées aux jours heureux avaient le pouvoir de les faire revenir, à force d'obéissance et d'obstination.

La rue Porcon-de-la-Barbinais, avec ses décorations clinquantes et ses vitrines ornées de flocons factices, rappelait que

Noël approchait. Quelques silhouettes solitaires, têtes baissées sous des parapluies de couleur, se pressaient dans les boutiques tandis que des haut-parleurs attachés grossièrement aux lanternes crachaient une musique à la gaieté artificielle. Sur les devantures, des écriteaux conseillaient de « consommer breton ! » mais la recommandation semblait vaine. Les enseignes qui bordaient la rue commerçante étaient les mêmes qu'à Lyon, à Strasbourg ou à Marseille, des chaînes de magasins bon marché proposant des vêtements cousus au Bangladesh dont les couleurs criardes humiliaient la grisaille des façades. Au-dessus des portes cochères, des têtes mauresques sculptées et des statuettes de saint Yves considéraient avec une fixité incrédule ce nouveau marché d'étoffes, elles qui avaient vu passer autrefois des balles de coton, des coffres pleins d'indiennes que des marins acheminaient des frégates jusqu'aux caves des hôtels d'armateurs. Pour rétablir l'honneur local, quelques boutiques exposaient des marinières, des vareuses, des cartes marines encadrées et des vues de Saint-Malo. Comme elle s'y attendait, la librairie Le Cabestan consacrait sa vitrine à l'œuvre de Le Guellec. La maison Brodin n'avait pas perdu de temps : un beau coffret, élégant avec sa reliure en moleskine, proposait les trois romans les plus célèbres pour les fêtes. Entre les livres, un portrait de l'écrivain malouin affichait un sourire énigmatique. Marie resta quelques instants figée, aimantée par cet air mystérieux qui semblait la défier et ne lui offrait aucune réponse. Elle aurait aimé céder à des sentiments ordinaires, la déception, l'amertume, la colère, mais ce qu'elle éprouvait était confus, contradictoire. Elle l'avait connu par son œuvre, dans le décor de son hôtel de corsaire, et voilà qu'il se révélait un homme complexe, plein de désirs cachés et de passions secrètes. Son portrait était brouillé, insaisissable. En vérité, sa déconvenue était tristement banale, elle tenait en une phrase : Pierre Le Guellec n'avait pas toujours eu soixante-dix-sept ans.

Elle descendit la rue commerçante jusqu'à la place Chateaubriand où l'on avait dressé un immense sapin. Les cafés éclairaient de guirlandes clignotantes les menus du réveillon et leurs ampoules allumaient des lueurs bleues dans les pupilles des homards morts, allongés sur des lits d'algues noires. Une odeur grasse de beignets se mêlait aux effluves de vin chaud. Il pleuvait toujours et elle se décida à entrer dans l'un des cafés, le plus proche des remparts, qui exhibait une façade un peu pompeuse où l'on pouvait lire en lettres d'or HÔTEL FRANCE CHATEAUBRIAND. De fait, l'hôtel jouxtait la maison où la mère de l'écrivain lui avait *infligé* la vie. Combien de fois avait-elle entrepris avec Pierre le pèlerinage littéraire, de la chambre où l'Enchanteur était né jusqu'à son tombeau – quelques centaines de mètres seulement séparaient les deux. Pierre disait que c'était la mesure de l'existence : cette vie qui avait duré près de quatre-vingts ans, connu trois rois, un empereur, cinq régimes et une révolution, tenait en quelques pas… La salle du France-Chateaubriand était presque déserte, si bien qu'elle n'eut pas de peine à reconnaître Charles de Maisonneuve, assis sur une banquette de moleskine devant une table recouverte de copies éparpillées. Il la vit, hésita puis l'invita d'un geste à le rejoindre.

— Vous ne travaillez pas chez vous ? demanda-t-elle en s'asseyant en face de lui.

— Trop de bruit ! Ici, au moins, je ne suis pas dérangé…

— Et votre bureau de l'hôtel Surcouf ?

— Je n'aime pas mélanger mes deux activités… je veux dire l'enseignement et le concours.

Elle hocha la tête d'un air entendu.

— Ou l'écriture…

Il la dévisagea. Il ne semblait pas surpris. Plutôt embarrassé.

— Ou l'écriture, admit-il. Vous avez fouillé mon bureau ?

— Pourquoi ne m'avoir pas dit que vous écriviez un roman ?

— Je ne sais pas. Cela aurait paru présomptueux… Ou intéressé… Quand on travaille pour les Éditions Brodin, j'imagine qu'on est sans cesse sollicité par des écrivaillons qui rêvent d'être publiés…

Effectivement. Mais elle refusait systématiquement de présenter à Béatrice les manuscrits qu'on lui soumettait. Chaque fois, elle invitait les postulants à envoyer leur texte au service dédié d'où il leur revenait accompagné d'une lettre type : *malgré ses qualités*, etc. En public, elle justifiait ce refus par une certaine éthique, le rejet des pistons, la haine des passe-droits. La vérité était moins noble et plus triste : le seul qu'elle aurait voulu voir publié, c'était celui de son père, et il ne le méritait pas.

— Pierre sait que vous écrivez ?

— Il m'y encourage. Il ne m'a jamais lu mais m'a proposé de le faire…

— Alors ?

— Je n'ai jamais osé… Je lui voue une telle admiration… C'est un écrivain immense, vous savez.

Elle savait. Elle savait aussi que Pierre était le très obligé du vicomte de Maisonneuve et ne comprenait pas pourquoi. Elle commanda un double expresso et il rangea ses copies dans sa serviette de cuir.

— Je vous fais fuir ?

— Pas du tout. Mais j'ai cours dans dix minutes.

Elle le rattrapa par la manche. Ce n'était pas vraiment l'envie de savoir, plutôt celle de ne pas rester seule. Peut-être à cause de Noël, du coffret cadeau de la librairie, du souvenir de *La Moldau* sur l'A13.

— Je suis navrée d'avoir visité votre bureau en votre absence.

— Je n'ai rien à cacher… Sinon j'en fermerais la porte. Ça n'a pas d'importance…

Elle gardait sa main posée sur son bras. Il portait le même loden râpé que dans la chambre.

— Pourquoi Pierre Le Guellec était-il l'obligé de votre père ?

— De mon grand-père, rectifia-t-il.

Il vérifia l'heure sur sa montre et se rassit.

— C'est très banal… Quand Rozenn Le Guellec a eu son fils, elle était sans homme et sans travail. Et sans toit, comme la majorité des Malouins dont l'habitation avait été détruite par les bombardements en 44. Notre hôtel, par je ne sais quel miracle, y avait échappé. Mon grand-père l'a embauchée comme cuisinière et l'a installée dans les combles. Il a veillé à l'éducation de son fils, il a payé sa scolarité chez les Jésuites. Il allait à l'école avec mon père. Aujourd'hui, on ne pourrait pas comprendre ça mais dans la France d'après-guerre, une femme sans homme c'était un malheur…

— Je croyais que le père de Pierre était marin. Un terre-neuvas, qui l'avait fait embarquer à quatorze ans…

— C'est mon grand-père qui l'a fait embarquer. Le Guellec était une forte tête, un dur à cuire. À l'école, on le traitait de bâtard… Il répondait à coups de poing. Sa mère ne savait plus quoi en faire. Mon grand-père a pensé que l'expérience de mousse le ramènerait à la raison. Le remède est vieux comme la ville. Les parents de Surcouf avaient eu le même espoir ! Au lieu de quoi, il a contracté le virus de la mer…

— … et Pierre celui de l'écriture.

— Pour lui, c'était la même chose…

Elle revit la photo en noir et blanc posée sur l'étagère, l'homme en vareuse posant sur le pont du bateau.

— Et son père ?

— Personne n'a jamais su. Comme il est né en mai 1945, beaucoup ont dit que le père était un Américain, un de ceux qui avaient libéré la ville après quatre jours de bombardements ininterrompus, une pluie d'acier et de feu qui a réduit en cendres plus de quatre-vingts pour cent de la cité. Saint-Malo était un champ de ruines mais on a donné des bals à Paramé… Rozenn le Guellec l'a peut-être rencontré là… elle n'en parlait jamais.

— Lui non plus… Vous savez pourquoi ?

— Au début, c'était une question de pudeur. Puis Pierre Le Guellec a écrit *L'Île interdite*. Il est devenu une sorte de personnage, le descendant des terre-neuvas, la mémoire du Grand Métier, comme on l'appelle ici. Il a dépassé *Pêcheur d'Islande*, a remplacé la légende de Moby Dick par celle de la morue. S'il avait avoué qu'il était le descendant d'un GI et d'une cuisinière, ses lecteurs n'auraient pas compris. La dynastie de pêcheurs malouins, les terre-neuvas de père en fils, ça collait mieux avec le personnage.

— Mais les vrais terre-neuvas… ils n'ont rien dit ?

Le professeur haussa les épaules.

— Les terre-neuvas ne disent jamais rien. Si vous croisez un jour sur les remparts un homme au regard absent, irrémédiablement tourné vers la mer, c'est probablement un terre-neuvas. Si vous l'entendez parler, ce n'en est pas un. Ces gens-là sont muets. Ils ont les lèvres gercées par le froid, scellées à jamais. Qu'auraient-ils à dire ? La morue, les mers mauvaises, la lumière irréelle des aurores boréales, les barils de sel… d'autres l'ont dit mieux qu'eux. Et ce qui s'est passé à bord…

— … reste à bord, je sais. Quand Pierre a racheté l'hôtel… c'était une sorte de revanche ?

Il avait l'air sincèrement scandalisé par le mot.

— Pas du tout… Pierre Le Guellec ne supportait pas l'idée que l'hôtel soit démembré en logements séparés, occupés par des vacanciers qui en flétriraient l'esprit. Dans son idée, la maison était une. Elle devait rester comme elle l'avait toujours été, comme il l'avait connue lorsqu'il suivait sa mère dans les cuisines, en traversant le salon sur la pointe des pieds, les yeux écarquillés devant les portraits de la famille. Appelez ça du conservatisme si vous voulez… je crois que c'était plutôt une forme de nostalgie, une fidélité à son enfance, et, au-delà, à un ordre antique qui avait fait la gloire de la cité.

La cathédrale sonna onze coups.

— Je suis en retard… lança-t-il en se redressant brusquement.

Puis, comme elle demeurait muette, le front plissé et l'air anxieux :

— N'en faites pas tout un cas… je vous l'ai dit, ce n'est pas très important. D'ailleurs, Rozenn Le Guellec était petite-fille de terre-neuvas. Ce n'était donc pas tout à fait un mensonge…

17

14 décembre, midi

Quand elle quitta le café, la pluie avait cessé. Des lycéens de l'Institution, libérés pour la pause du déjeuner, s'égaillaient sur la place en avalant des boissons énergisantes. Elle prit le chemin des remparts, la tête pleine de ces histoires d'impostures littéraires, Ajar et Romain Gary, Guilleragues et la religieuse portugaise, des mensonges passés à la postérité. Pierre aussi avait menti, avec aplomb, mais elle se surprenait à n'en concevoir ni déception, ni amertume. En tant qu'attachée de presse, elle était bien placée pour savoir que la légende exigeait des concessions. N'avait-il pas magnifié le mensonge en célébrant la mémoire de Donnacona, l'Iroquois fabulateur, dont la description d'une Amérique imaginaire avait séduit le roi lui-même ? Elle était seulement déçue qu'il ne lui ait rien dit, ou plutôt, de n'avoir rien deviné. Mais elle savait aussi comment, à force de se répéter, un mensonge devient vérité pour qui le profère, au point d'éclipser tout à fait la réalité. Pierre Le Guellec avait peut-être fini par croire qu'il était le fils d'un terre-neuvas, lui dont les romans avaient pour épine dorsale la frontière indécise entre réalité et imaginaire. Elle se souvenait de cette interview, diffusée dans une émission littéraire célèbre, on le voyait devant ses photos de famille, il parlait de son enfance, de la mort de son père, projeté par des vagues par-dessus son doris, du courage de sa mère. L'émission avait été un succès, les Éditions Brodin avaient reçu de nombreuses lettres, des descendants de terre-neuvas, de Saint-Malo, mais aussi de Fécamp, de Granville... Certains joignaient une photo, votre père l'a peut-être connu ? Elle avait transmis le courrier à Le Guellec. Y avait-il répondu ? Elle relisait son histoire à la lumière des révélations de Charles de Maisonneuve. Son puzzle était défait mais un autre se composait avec ces pièces nouvelles, le GI, la cuisinière, la Libération, la protection du vicomte, l'Amérique... Des pans entiers de sa vie tombaient, d'autres s'en trouvaient curieusement illuminés, elle comprenait mieux son œuvre qui s'élançait toujours au-delà de l'Atlantique, le Mississippi, les Iroquois, Jacques Cartier et les chutes du Niagara. Le fils qui vivait aux USA, ses séjours au Canada, et jusqu'à cette renommée internationale qui trouvait un éclairage nouveau dans cette double origine. Restait l'énigme de sa mort, et le mystère de Kateri Pelletier, la robe rouge, la photo tombée du livre... Elle devinait que cette pièce appartenait au nouveau puzzle, qu'il aurait fallu peu de chose pour qu'elle la saisisse enfin, l'insère dans le portrait posthume de Pierre pour lui donner sa cohérence et son unité.

Le vent soufflait sur les remparts, séchant les pierres, poussant de gros nuages gris par-dessus les forts. Ses pieds l'emmenaient là où elle marchait autrefois avec lui, au cours de leurs pèlerinages littéraires. Elle s'expliquait mieux à présent la fascination de Pierre pour l'Amérique de Chateaubriand. Il avait repris une à une, et crayon en main, les versions successives que l'auteur donnait de son voyage au Nouveau Monde. Sur une carte de 1770, il tentait de reconstituer le périple du Breton débarqué à Baltimore pour échapper à la tourmente révolutionnaire. Chaque fois, il se heurtait aux mêmes incohérences, les différentes versions ne correspondaient pas, les Floridiennes étaient dans l'Ohio, Nashville trop à l'est, le carcajou n'existait que dans les légendes… Le chemin de Philadelphie à Pittsburg se perdait dans les rêveries poétiques d'une nature primitive, comme un Éden qui se refusait au cartographe. Chateaubriand aussi avait menti mais son mensonge permettait d'atteindre une vérité supérieure : son Amérique n'était sur aucune carte, elle était la référence absolue de la Grande Nature, de la Liberté primitive, elle concentrait la vie et la mort, la sauvagerie et la civilisation dans un même creuset qui les absorbait et les transcendait.

Sans s'en apercevoir, elle était arrivée au-dessus de la plage de Bon Secours. En se retirant, la mer dévoilait le banc de sable qui menait jusqu'au tombeau de l'Enchanteur, creusé à même la roche de l'îlot du Grand Bé, mangé de bruyère et d'herbes folles. Pierre Le Guellec lui avait raconté souvent les dernières volontés de l'écrivain, ces lettres insistantes envoyées au maire de la ville : *Je ne veux que quelques pieds de sable, une terre sans ornement et sans inscription, une simple croix de fer et une petite grille pour empêcher les animaux de me déterrer.* Tout homme de génie qu'il était, il avait eu le droit aux tracasseries administratives habituelles, aux objections du conseil municipal, aux mesquineries financières. Finalement, on l'avait enterré la nuit du 18 juillet 1848, selon ses vœux, au terme d'une impressionnante procession aux flambeaux par les remparts et sur les plages. Il avait eu la bénédiction du curé et les prières des fidèles, puisque selon ses dernières volontés, il voulait *reposer en terre sainte.*

Sa terre sainte, c'était ce bout de caillou planté dans la Manche, battu par les vents, qui regardait vers l'Angleterre, comme tous les forts autour de lui, pour prévenir les attaques de l'ennemi héréditaire. Marie traversa la plage, passa devant le club de voile détrempé, le plongeoir de la piscine de Bon Secours dont les lignes de fer quadrillaient le ciel. Elle pensait au chien, resté à l'appartement. À l'époque, il les accompagnait en bondissant, courait devant, se roulait dans le sable et Pierre était obligé de siffler pour le rappeler, Silver au pied ! Maintenant, l'animal était comme dévitalisé. Elle était seule sur ce chemin du souvenir, avec ses questions sans réponses, poussée par cette intuition très forte que la vérité n'était pas loin, qu'il suffisait d'avancer lentement, de s'agenouiller et de tendre la main pour l'apprivoiser.

Devant la tombe, elle s'arrêta et s'assit sur une pierre. C'était là, après avoir évoqué les dernières volontés de Chateaubriand, que Pierre avait exposé les siennes. Au cours des derniers jours, dans la solitude de l'appartement corsaire, Marie s'était demandé souvent si un tel aveu, proféré sur une île, face à la Manche, en l'absence de tout témoin, avait une valeur juridique. Est-ce qu'elle aurait pu justifier son acte, par exemple, en alléguant cette conversation que l'écrivain avait commencée par ces mots : « Chateaubriand avait ses idées sur la mort, et moi j'ai les miennes. Je n'aimerais pas, par exemple, être enterré comme Surcouf au cimetière de Rocabey. Cette tombe m'a toujours semblé très étriquée pour un homme qui a parcouru les mers… il doit y être à l'étroit. » Pierre Le Guellec, lui, ne voulait pas être à l'étroit. Il voulait prendre le large dans toutes les acceptions du terme. Il demandait qu'on l'enterre comme autrefois les chefs vikings, en déposant son corps sur un bateau, en pleine mer, avant d'y mettre le feu en tirant depuis la grève une flèche enflammée – funérailles qu'il avait décrites dans *L'Île interdite*, chapitre XVII. Elle aurait pu rire d'abord en pensant qu'il lui faisait une blague mais elle avait deviné, immédiatement, qu'il était sérieux, qu'il ne l'avait jamais autant été. « Je n'ai pas demandé grand-chose dans ma vie, mon chien, ma pipe, mes bouquins me suffisent. J'ai voulu un hôtel d'armateur, et j'y vis comme un locataire parmi d'autres. Le deuxième étage, depuis que les Jaouen l'ont transformé, je ne le reconnais même plus… Au fond, chez moi, ce n'est plus vraiment chez moi. Mais ma tombe, Marie, je veux la choisir. Pas ma mort, avait-il ajouté d'une voix grave en plantant ses yeux dans les siens. Ma tombe, vous entendez ? » Elle entendait très bien. Elle tâchait de se représenter les étapes des funérailles scandinaves, imaginait toutes les difficultés de l'entreprise, dérober un cercueil dans une chambre mortuaire, échapper à la vigilance des proches, trouver une embarcation, la pousser à l'eau, y mettre le feu. Et cela seule, sans aide, sans témoin. Il insistait. « Un vieux marin comme moi n'est vraiment bien qu'en mer… et puis, tant d'autres m'attendent au fond de l'eau… » À ce moment-là elle avait pensé à son père, qu'elle croyait mort, noyé près des bancs de Terre-Neuve. Maintenant, elle se demandait qui étaient ces autres, qui l'attendaient sous l'eau, des naufragés, un mousse rencontré sur le *Pelven* qu'un coup de bôme avait jeté à l'eau, un maître d'équipage passé par-dessus bord un soir de boisson… ? Son père, le vrai, devait reposer paisiblement dans un cimetière de Virginie ou du Texas, une tombe couverte de mousse, à l'ombre d'un tulipier, une tombe fleurie de magnolias, décorée de souvenirs militaires, une médaille, un drapeau, et les plaques des camarades vétérans, l'hommage sobre de l'US ARMY, *To the brave, never forget.* Mais peut-être le GI n'était-il jamais rentré chez lui, peut-être était-il tombé quelques mois après le bal de Paramé, sur la route de Metz, à Thionville, à Sarrebruck, en s'élançant vers la ligne Siegfried sous une pluie diluvienne ; peut-être gisait-il maintenant au cimetière d'Épinal sous un quadrillage de croix aussi blanches qu'à Omaha Beach, mais sans la mer, en contrebas, pour bercer son exil posthume.

Est-ce que Pierre avait eu des scrupules à la charger d'une telle mission ? Avait-il imaginé les obstacles qu'elle rencontrerait ? Et la culpabilité, les regrets si elle n'avait pu lui obéir ? « Je ne vous ai jamais rien demandé, mais ça, Marie, je vous le demande parce que je sais que vous le ferez. » Tant d'autres se seraient dérobés. Les mots de son père lui revenaient, *Il savait que tu es de la trempe de ceux qui peuvent accomplir un tel vœu.* C'était vrai qu'il ne lui avait jamais rien demandé. Il n'était pas de ces auteurs qui vous appellent trois fois par semaine pour s'assurer qu'ils auront de la presse, une radio, une télévision, de ceux qui insistent, qui se vexent, qui se fâchent, mais pourquoi ne m'a-t-on pas invité ? Je ne compte pas dans cette maison ! Des appels de ce type, elle en recevait chaque jour, elle avait appris à ne pas s'en irriter, elle savait tout ce qui se jouait dans ces amours-propres blessés, ces fiertés humiliées. Les écrivains montaient au combat sans armure, les mauvaises critiques les accablaient, l'indifférence les terrassait. Françoise lui disait toujours que le succès était une épreuve réservée à ceux que l'indifférence n'avait pas tués. Pierre avait traversé l'une et l'autre avec une même simplicité, une même élégance. Mais à présent, il s'autorisait à lui demander ceci, « un linceul frangé d'écume, un tombeau fermé par les vagues, comme les marins et les naufragés ». Elle aurait pu refuser, se déclarer incapable d'un tel engagement. Elle aurait pu plaisanter, on a encore le temps, ce n'est pas demain la veille. Elle aurait pu évoquer les proches, la nécessité d'une sépulture où ils pourraient se recueillir. Elle aurait parlé comme un prospectus des pompes funèbres, comme un notaire, comme un juriste. C'était illégal, immoral, égoïste. En un mot : impossible. Mais elle ne l'avait pas fait. Elle avait dit oui, sans hésiter, dépassée par une nécessité impérieuse. Le point de bascule, c'était ce oui, ce mot si bref lâché face à la mer, aussitôt emporté par le vent, qui avait transformé sa vie honnête en une aventure incertaine. Après ça, ils n'avaient plus rien dit, ils étaient rentrés lentement vers la porte de Dinan, en silence, conscients l'un et l'autre que rien, à présent, n'égalerait entre eux la puissance de ce serment arraché dans un moment de trouble. Ils n'en avaient plus jamais parlé.

18

14 décembre, 14 heures

La mer montait. L'îlot, visité par quelques rares touristes qu'une curiosité passagère avait arrachés aux lumières des rues commerçantes, était redevenu désert. Marie demeurait devant la tombe de Chateaubriand. Une légende disait qu'on l'y avait enterré à la verticale, et elle essayait de se représenter le cercueil debout dans la roche, en faction devant la cité malouine, condamné à la veiller éternellement. Son corps s'engourdissait. Elle soufflait sur ses doigts, frottait ses bras, remuait ses orteils, mais elle ne partait pas. Elle devinait qu'il ne servait à rien de s'agiter pour trouver la vérité. Un obscur instinct la prévenait qu'elle finirait par venir d'elle-même, si elle ne quittait pas son poste d'observation. Des voiliers passaient au loin, quelques barques rentraient au port. De l'autre côté, c'était Dinard, ses villas Belle Époque, la courbe tendre de ses plages, et cette douceur lui apparaissait tantôt comme une invitation, tantôt comme une provocation. Maintenant c'était à son père qu'elle pensait, la rapidité avec laquelle il l'avait rejointe cette nuit-là, son acquiescement immédiat, bien sûr que je t'aiderai. Il ne lui avait formulé aucune objection, aucun reproche, même : il semblait soucieux de lui prêter main-forte pour accomplir la promesse qu'elle avait faite à cet homme qu'il avait pourtant jalousé. Elle se demandait si un tel empressement n'était pas suspect. Il semblait avoir pensé à tout, avait proposé sans réfléchir la plage de la Touesse, les bidons d'essence, la corde. Par-dessus tout, elle s'étonnait encore de la facilité avec laquelle il avait accepté de brûler son voilier, qui constituait sa dernière richesse, son unique centre d'intérêt depuis tant d'années. Alors qu'elle lui rappelait les heures de navigation et les soins qu'il avait prodigués à son embarcation, il avait haussé les épaules, bah j'en achèterai un autre. On ne meurt qu'une fois…

Un bruit de pas la fit se retourner brusquement. Elle ne fut presque pas surprise de reconnaître la fille du troisième étage, Kateri Pelletier, qui se tenait derrière elle, les bras croisés, le visage barré de mèches noires que le vent soulevait par rafales. Elle aurait pu dire « Je vous cherchais » mais elle décida d'attendre que l'autre parlât la première.

— J'étais sûre de vous trouver ici.

— Pourquoi ?

— Quand on cherche un mort, on vient souvent errer près des tombes…

— Je ne cherche pas de mort.

— Moi si…

Elle s'assit près d'elle, les genoux repliés contre sa poitrine, les bras noués autour. Marie observait son profil, le nez busqué, la pommette saillante. C'était bien la fille de la photo et pourtant ce n'était pas elle. Quelque chose différait sans qu'elle pût dire quoi.

— Qui est enterré ici ? demanda la Canadienne en désignant la croix d'un coup de menton.

Conformément au vœu de Chateaubriand, son nom n'était mentionné nulle part. Laconique, une plaque de bronze indiquait UN GRAND ECRIVAIN FRANÇAIS A VOULU REPOSER ICI POUR N'Y ENTENDRE QUE LA MER ET LE VENT. PASSANT RESPECTE SA DERNIERE VOLONTE. Combien de fois avait-elle ri avec Pierre des spéculations que cet anonymat suscitait chez les touristes, lesquels se livraient à voix haute à des suppositions farfelues, allant de Balzac à Jean d'Ormesson.

— François-René de Chateaubriand. C'est un écrivain français célèbre qui…

Mais l'autre l'interrompit d'un geste sec.

— Je connais, merci.

Il y eut un moment de silence, puis Marie :

— Qui cherchez-vous alors ?

— Le même homme que vous, je crois. Je cherche Pierre Le Guellec.

— Vous le connaissez ?

— Pas vraiment. Mais ma mère, elle, l'a connu.

Sa mère ! C'était elle, la femme à la robe rouge, sur la photo. L'héroïne du roman de Pierre n'était pas fictive, elle descendait des Iroquois de Stadaconé.

— Elle l'a rencontré à Québec, quand il écrivait *Ce qu'il advint des Iroquois*. Elle lui a servi de guide…

Marie savait déjà cela, elle l'avait deviné, elle voyait très nettement la jeune Québécoise emmener l'écrivain sur le site de l'ancien village iroquois dont il ne restait rien. Peut-être lui avait-elle pris la main au cours de ces interminables promenades dans la ville, sous la lumière des réverbères, devant les vitrines éclairées, les cinémas, les kiosques à saucisses ou à pâtisseries, évitant les tramways pleins de visages livides qui filaient entre les gratte-ciel. Ils avaient dû marcher des heures puis un soir, ou plutôt un matin, à l'aube, ils s'étaient assis sur un banc dans les plaines d'Abraham, les jambes lasses, la gorge sèche, avec cette âcreté du jour qui perce au-dessus du zinc des toits. Marie imaginait leurs deux solitudes réunies, comme dans un tableau de Hopper. Des enfants passaient devant eux, cartable au dos, des silhouettes menues qui rempliraient un jour les trains, les bureaux, les casinos, les magasins, dans cette marche éperdue des hommes vers un peu de gaieté. Il avait serré sa main dans la sienne et elle avait proposé de rentrer chez elle. Le soir, ils avaient dîné ensemble dans un restaurant du quartier, quelqu'un avait pris la photo, et le temps du cliché, au moment où la lumière du flash les avait aveuglés, à côté de cette femme à la robe rouge, Pierre Le Guellec avait senti qu'il s'était extrait du troupeau ordinaire des hommes, ces pèlerins entêtés de bonheur. Il était enfin heureux.

— Quand il est reparti en France, elle a découvert qu'elle était enceinte.

Marie examinait le profil de la jeune femme et soudain elle sut que ce qui la différenciait de celle de la photo, c'étaient ses yeux d'un bleu un peu délavés. Semblables à ceux de Pierre. Comme si elle devinait le cheminement de sa pensée, Kateri Pelletier reprit :

— Ma mère n'a jamais rien voulu lui dire. C'est une femme secrète et indépendante. Vous savez, nous autres Iroquois… Je crois qu'elle n'aurait pas voulu s'encombrer d'un mari. Elle disait qu'un bon écrivain faisait un mauvais époux. Je ne sais même pas si elle l'aimait…

Marie pensait à la photo. Le sourire de Pierre, son air juvénile, son évident bonheur. Il ne suffisait pas d'être heureux, il fallait que d'autres acceptent de l'être avec vous.

— … mais elle a lu tous ses livres, précisa Kateri en baissant la voix.

— Alors, vous vous êtes dit qu'il fallait rencontrer cet homme… à cause du Nobel…

— D'abord à cause de mon âge. Je suis majeure depuis un an. J'ai attendu ce moment toute ma vie. Ma mère ne m'a jamais caché qui était mon père. Elle me disait : « Quand tu seras adulte, tu feras ce que tu veux. » Elle a connu d'autres hommes, aussi.

Elle parlait lentement, des phrases brèves, prononcées d'une voix blanche.

— Ça n'a pas été difficile de le trouver. Quand le Nobel a été décerné, les journaux ont publié des articles, des photos où il posait devant l'hôtel Surcouf, à Saint-Malo. J'ai su qu'il louait des appartements et j'ai retenu le mien. Sous un faux nom.

— Vous ne vous appelez pas Kateri Pelletier ?

— Kateri Norton.

Le bruit des vagues s'amplifiait à mesure que la marée montait. De leur promontoire, elles ne pouvaient voir la plage mais Marie imaginait la mer qui progressait vers les remparts, ennoyant lentement le chemin du retour. Elle ne pouvait pourtant partir. La jeune fille à ses côtés était farouche, sur le qui-vive. Un mouvement brusque, un mot, un geste aurait suffi à la faire fuir. Elle devait rester jusqu'au bout, les confidences de l'Iroquoise ne pouvaient se faire ailleurs qu'en ce lieu sauvage et sacré à la fois.

— Quand je suis arrivée, je l'ai d'abord épié. Je l'ai guetté dans les escaliers, je l'ai suivi dans les ruelles, sur la plage où il promenait son chien. Je n'arrivais pas à me décider. J'attendais cette rencontre depuis si longtemps, il ne fallait pas la gâcher. Un matin, je l'ai entendu annoncer à la concierge son départ pour Stockholm et votre venue… j'ai compris que je ne pouvais plus différer ce moment. J'avais perdu trop de temps. Je voulais qu'il devine, qu'il comprenne tout seul pour m'épargner des explications.

— Alors vous avez enfilé la robe que portait votre mère…

— On se ressemble… J'avais cette photo qu'elle m'avait donnée. J'ai pensé qu'il me reconnaîtrait immédiatement…

Les nuages filaient vers Dinard. La marée avait recouvert les plages de la station balnéaire. Des rochers, pourfendeurs de barils et de coques de navire, avaient entièrement disparu sous l'eau, dissimulant sous les profondeurs leurs arêtes abruptes qui faisaient jaillir de l'abîme des embruns de fumée.

— Il a ouvert la porte, il m'a regardée et tout son visage s'est figé. Ses yeux… Il a porté sa main sur son cœur et puis il est tombé, d'un coup, face contre sol.

Ce n'était pas un meurtre. C'était le ventricule gauche qui s'était gonflé sous le coup de l'émotion et avait déréglé le fonctionnement du cœur.

— *Broken heart syndrom*, précisa l'Iroquoise. J'ai fait des recherches sur Internet depuis. On l'appelle aussi le syndrome de Takotsubo, du nom de ces vases japonais qu'on plonge dans l'eau pour piéger les pieuvres.

Du bout du doigt, elle dessina dans le sable une sorte d'amphore.

— Le ventricule, quand il gonfle, prend la forme de ce vase…

Takotsubo… Marie pensa au docteur Prigent, à ce cœur en plastique rouge qu'il manipulait sous ses yeux, comme s'il avait voulu la mettre sur la piste de l'infarctus. Elle avait eu devant elle la clef de l'énigme et elle n'avait rien vu.

— Je voulais le retrouver et je l'ai tué.

— Et vous êtes partie…

— Je ne savais pas quoi faire… j'étais bouleversée. Je voulais revenir mais vous êtes arrivée. Je vous ai observée. J'étais postée dans l'escalier, sur le palier du troisième.

— Alors vous savez tout…

Elle tourna vers Marie son profil d'aigle blessé puis déclara :

— Non, puisque je ne sais pas où vous l'avez enterré.

Les vagues se dressaient au bas du rocher puis éclataient en un fracas terrible. Il était impossible de rejoindre la ville à présent. Elles étaient toutes deux prisonnières du Grand Bé, otages malgré elles de la dernière demeure de l'écrivain. Est-ce qu'on les recherchait ? Qui pouvait s'émouvoir de leur absence ? Elles étaient deux solitudes jetées hors de la citadelle, piégées par la marée, sommées par les éléments de dire enfin la vérité. Alors Marie raconta son arrivée chez Pierre, la sonnette dans le vide, la porte qu'elle avait poussée, le corps renversé sur le parquet. À la nuit tombée, elle avait appelé son père et il était venu immédiatement. C'est lui qui avait pris le pouls de l'écrivain, c'est lui qui avait déclaré « Il est mort » avant de lui fermer les yeux. Ensuite, tout était allé très vite, elle connaissait les consignes. C'était presque un soulagement de pouvoir accomplir ses dernières volontés si facilement, sans témoins, sans cadavre à dérober à la morgue, toutes ces péripéties qu'elle avait redoutées à cause de leur côté théâtral et grotesque. Elle avait pensé à la plage du Môle, la plus proche de l'hôtel Surcouf, mais son père l'en avait dissuadée. Trop de logements offraient des vues plongeantes sur la grève. Il fallait un lieu désert, loin de toute habitation. C'est lui qui avait suggéré la plage de la Touesse, à Saint-Coulomb. Lui qui avait proposé son voilier, le bidon d'essence, sa voiture. Ils avaient enroulé le corps dans un drap blanc puis avaient descendu l'escalier, traversé le hall, soutenant elle les pieds, lui les épaules, comme dans un mauvais film noir. Quiconque les aurait surpris à ce moment-là les aurait immédiatement pris pour deux complices cherchant à évacuer le corps de leur victime. Ils ne manifestaient aucune précaution, pressés par le temps et une mission dont le caractère impérieux balayait toute notion de prudence. La rue Saint-Philippe était déserte, comme si les Malouins respectaient toujours la tradition de l'antique couvre-feu. Ils sortirent par la porte de Dinan. Les réverbères jetaient sur le linceul leur lumière blême. Le souvenir était précis, elle revoyait l'enchaînement des gestes, ouvrir le coffre, plier le corps, mettre sa ceinture, démarrer, mais elle était incapable de dire ce qu'elle avait pensé ou éprouvé, tout était obscur et confus, hormis le profil de son père, l'œil aux aguets tandis qu'ils quittaient la cité corsaire. Ils avaient d'abord roulé en silence puis, tandis qu'elle s'inquiétait de la cérémonie du Nobel, il avait affirmé « Eh bien, j'irai à sa place ! », et c'était comme une évidence, une difficulté anticipée, résolue par avance.

Ils s'étaient arrêtés chez lui. Jean-Jacques Rivalain, avec une étonnante rapidité, avait stocké dans son voilier des torches, un bidon d'essence, des briquets et une corde avant de le hisser dans la remorque. « Mets ça ! » avait-il intimé en lui tendant une paire de bottes en caoutchouc. Elle obéissait. La route était déserte. Ils s'étaient garés au bord d'un champ de choux-fleurs, d'où partait le sentier. Il avait fallu descendre le voilier, puis transporter le corps vers la plage en contrebas, huit cents mètres entre les pins, sans aucune habitation alentour, sauf Rozven, la demeure de Colette, celle du *Blé en herbe*, inhabitée à cette période de l'année. La mer était à l'étale, il fallait mettre le voilier à l'eau rapidement pour qu'il parte avec le courant descendant. Un vent soufflait par rafales mais elle ne se souvenait pas d'avoir eu froid. Son père, dont le visage était curieusement éclairé par une lampe frontale, donnait des instructions qu'elle exécutait mécaniquement, comme autrefois quand ils naviguaient ensemble. Elle l'aida à déployer les voiles qu'ils aspergèrent de pétrole avant de les attacher au mât. Aussitôt, elles se gonflèrent dans une odeur de carburant que le vent propageait sur la grève. Des nuages sombres couraient dans le ciel. « À trois », murmura son père en se plaçant derrière le bateau. Ils poussèrent ensemble l'embarcation. Ses bottes s'enfonçaient dans le sable puis une vague lui fouetta les genoux et l'eau glaciale vint pénétrer son jean jusqu'aux cuisses. Le voilier, enfin, flottait. Jean-Jacques Rivalain vida un nouveau bidon de pétrole dans la coque puis il installa le gouvernail et fixa la barre pour qu'elle garde le cap. La lune surgit derrière un nuage noir et l'on vit les flots s'iriser de gazole dans une étrange flaque rose. Marie avait de l'eau jusqu'à la taille. Le voilier s'éloignait vers le large à mesure que son père donnait du mou à la corde.

— Remonte sur la plage ! lui ordonna son père qui retenait encore le bateau.

Ce fut le seul instant où elle hésita. Elle eut peur. Mais il était trop tard. À l'aide d'un briquet, son père enflamma un allume-feu et le jeta dans l'embarcation. On entendit un souffle puissant comme l'haleine d'une forge puis ce fut l'embrasement, des flammes bleues, immenses, couraient le long du mât. Elle appelait son père, craignant qu'il fût resté près du brasier, mais il avait lâché la corde et revenait sur le bord, trempé jusqu'aux épaules, l'air hébété, tandis qu'une rafale plus forte emportait l'embarcation funèbre.

Longtemps ils restèrent sur la grève, silencieux, les yeux fixés sur le bateau qui s'éloignait en se consumant. Elle se mit à trembler, ses dents claquaient de froid. Il l'attira contre son pull mouillé qui sentait l'essence. Elle essaya de réciter une prière, un vague souvenir du catéchisme de son enfance, mais elle s'arrêtait toujours au beau milieu, saisie par les lueurs qui déchiraient la nuit et brisaient le flux de ses pensées. Des poèmes s'immisçaient dans le Notre Père, *Le Bateau ivre, Les Conquérants,* pardonnez-nous nos offenses, et les ressacs et les courants, je sais le soir, du fond de l'Océan des étoiles nouvelles. Soudain, l'embarcation sombra. On vit la proue embrasée se dresser vers le ciel puis s'enfoncer lentement dans les profondeurs. Une vague immense s'abattit sur les dernières flammes, plongeant la plage dans l'obscurité. Alors ce fut un silence de mort et elle éclata en sanglots.

19

14 décembre, soir

Ce qui s'est dit sur le Grand Bé reste sur le Grand Bé. Elles en convinrent lorsque la marée descendante découvrit enfin la langue de sable qui leur permit de rejoindre la ville à pied sec, tandis que la nuit tombait sur les remparts. Les révélations qu'elles avaient échangées sur l'îlot les avaient essorées. Elles ne devaient jamais s'exprimer sur la terre ferme. Qu'y gagneraient-elles ? La moindre déclaration risquait de déclencher une enquête qui révélerait le rôle trouble qu'elles avaient joué dans la disparition de Le Guellec. Quand bien même on aurait cru à leur innocence, l'affaire prêtait le flanc à suffisamment de spéculations pour entacher la légende du dernier des écrivains. Et si l'enterrement viking avait de quoi séduire les imaginations romanesques, l'histoire de la bâtarde cachée écornerait sans doute l'image de Pierre. Qui sait s'il ne deviendrait pas, aux yeux de l'opinion, un néocolonisateur blanc ayant exercé sur une *native* un droit de cuissage scandaleux ? Il y avait là de quoi lancer une nouvelle polémique, laquelle ne manquerait pas de réactiver celle qu'avait suscitée le personnage de Jacques Cartier dans *Ce qu'il advint des Iroquois*. Le roman racontait comment le navigateur malouin avait enlevé le chef Donnacona et ses deux fils, puis comment il avait menti en affirmant, à son retour à Québec, que les indigènes s'étaient si bien acclimatés à la France qu'ils y vivaient comme des seigneurs et ne voulaient plus rentrer dans leurs pays. En vérité, ils étaient tous morts. Quant à savoir de quoi… La statue de Cartier, solidement boulonnée sur le bastion de la Hollande, avait alors senti passer le souffle de l'indignation et Pierre s'était inquiété d'avoir réveillé le zèle de justiciers autoproclamés, avides de condamnations rétrospectives. La maison Brodin en avait été quitte pour ajouter une note préventive sur le nouveau tirage, *ce livre est une œuvre de fiction,* etc.

— Et maintenant qu'allez-vous faire ? demanda Kateri tandis qu'elles passaient devant la statue épargnée de l'explorateur.

— Je ne sais pas… quitter Saint-Malo, d'abord.

Pour la première fois, Marie évoquait cette perspective sans angoisse, comme si le temps était enfin venu de prendre le large. Après tant de jours enfermée derrière les remparts, elle sentait que la ville close ouvrait ses lourdes portes pour la laisser partir.

— J'emmènerai le chien… si le fils de Pierre m'y autorise. Puis, j'irai voir mon père… Après, je ne sais pas encore. Et vous ?

— Je vais rester. Je voudrais aller me recueillir à la Touesse. Et puis j'attendrai la venue de mon demi-frère. Nous ferons connaissance.

Marie pensa au marin dont la soupente avait accueilli la Canadienne. Allait-elle le retrouver ? Claire Gauthier la chasserait-elle de l'appartement du troisième ? À présent, la moitié de l'hôtel lui appartenait ! Elle y était chez elle plus que la vendeuse du Corsaire Plage, Charles de Maisonneuve ou même les Jaouen. Marie était soulagée de penser que l'appartement, comme le stipulait la loi, resterait pendant dix ans encore la propriété de Pierre Le Guellec. Qu'on ne pourrait démembrer l'hôtel Surcouf. Dix ans… c'était plus qu'un sursis : une prolongation de sa présence sur terre. Officiellement, il vivrait toujours parmi les hommes, dans les administrations, sur les titres de propriété. Une vie de papier. L'enterrement avait été rapide mais la succession, elle, serait très longue. De quoi permettre à Kateri de faire reconnaître sa filiation. En observant la démarche souple de l'Indienne, Marie demanda :

— Est-ce vous qui êtes entrée dans l'appartement de Pierre l'autre soir ?

— Oui. J'ai vu votre père descendre les escaliers, j'ai pensé que la voie était libre. Je voulais comprendre où vous aviez enterré mon père, je cherchais des indices.

— J'en ai cherché aussi dans votre appartement.

L'Indienne eut un sourire triste.

— Au fond, nous sommes orphelines du même homme.

Ce n'était pas tout à fait vrai. En voulant retrouver son père, Kateri l'avait tué. Mais Marie avait encore le sien, dont le cœur fonctionnait parfaitement. Elle eut soudain une bouffée de nostalgie en pensant à lui, à son enfance avec lui. Leurs promenades au bois. La vaisselle, les leçons, le film du soir. Leur vie simple et silencieuse dans l'appartement de Viroflay. Tous leurs souvenirs que le temps avait emportés au large, sur un navire dont ils avaient enflammé les voiles. Elle allait l'appeler. Elle irait le voir. Elle lui proposerait… quoi ? Elle ne savait pas très bien. Des vacances, un voyage, un peu de temps puisqu'il leur en restait encore. Des phrases lui revenaient de sa mission suédoise, des îles aux noms étranges, Vaxholm, Sandhamn, vers lesquelles il aurait voulu naviguer. Un voilier, ce ne devait pas être très cher dans ce pays d'arbres et de forêt… Ils pourraient commencer par là.

Une voiture démarra en trombe devant elles. Marie eut à peine le temps de reconnaître le chauffeur de taxi. Kateri la tira par la manche :

— Regarde…

Devant la porte de l'hôtel Surcouf, immobile sur le perron de granit, Béatrice Montviel l'attendait, les bras croisés, l'air inquiet.

— Bonjour, Marie. J'arrive de Paris… il faut qu'on parle.

Elles parlèrent en effet, mais pas tout de suite. D'abord, elles s'installèrent dans le salon de Pierre entre les livres et les meubles, sous les portraits d'armateurs. Marie alluma un feu dans la cheminée, elle nourrit le chien et versa ce qu'il restait de rhum dans les verres. Elle se sentait étrangement sereine, comme si la marée, en se retirant du Grand Bé, avait emporté les ancres trop lourdes qui la retenaient ici. Sa longue veillée mortuaire s'achevait, Béatrice venait prendre la relève. Celle-ci observait le smoking de Pierre, toujours accroché au portemanteau de l'entrée, intact sous son enveloppe de cellophane. Marie songea qu'elle aurait dû le ranger, le faire disparaître, le brûler peut-être… Elles échangèrent un regard. Qu'est-ce que ça pouvait faire ? Tout cela n'avait plus d'importance à présent… D'ailleurs, elle était décidée à dire la vérité à Béatrice. Mentir, inventer une histoire était au-dessus de ses forces. Tout le monde ne peut pas être écrivain… Son père lui-même… Elle se dit qu'il faudrait lui envoyer un message pour lui annoncer sa venue, dès le lendemain. L'idée de le retrouver la rassurait comme à la fin des vacances, quand elle guettait depuis le tarmac de Roissy sa silhouette derrière la vitre, sa main levée au ralenti, ses bras ouverts, alors ma fille, tu n'en es pas morte de ce voyage…

Béatrice s'était assise devant le bureau de Pierre et examinait la pipe brisée, l'empreinte digitale au fond de la boîte, avec la minutie d'un commissaire de police. Marie s'affala dans le fauteuil de velours lie-de-vin et alluma une cigarette :

— Que veux-tu savoir ?

— Ce qui s'est passé. Marie, je ne sais pas ce que tu savais du projet de Pierre…

— Quel projet ?

— Sa disparition. Je veux dire, la première, celle qu'il avait programmée…

Marie pensa à la valise trouvée dans la chambre, les vêtements d'été, les billets.

— Il n'avait pas l'intention d'aller à Stockholm…

— Non. Il nous avait demandé, à Alexandre et moi, de recevoir le prix à sa place. Il avait préparé ce discours que je t'ai demandé de m'envoyer…

— …. mais que tu connaissais déjà.

— Oui. Il fallait donner des gages. Je devais faire croire à sa disparition. Donner l'impression que j'ignorais tout de ses projets.

— C'est pourquoi tu m'as demandé d'enquêter… les médicaments, les retraits d'argent…

— C'était du bluff, admit-elle. Nous avions prévu deux phases. Au cours de la première, je devais m'inquiéter, prévenir la presse, t'envoyer sur plusieurs fausses pistes. Il fallait en faire assez pour être crédible, et pas trop pour ne pas diligenter une enquête de police. Au cours de la deuxième phase, nous devions étouffer les brasiers allumés dans la première. Il était nécessaire de faire croire à une disparition volontaire. Pierre m'avait transmis sa carte bancaire pour que je fasse des retraits à Orly. Il avait amassé assez de liquide dans sa cave pour tenir les premières semaines. Le relevé bancaire permettait de dissiper le spectre d'une disparition inquiétante…

— Ce qui m'arrangeait aussi. Je n'avais aucune envie qu'un enquêteur débarque ici.

Sans le savoir et pour des raisons différentes, toutes deux avaient joué la même comédie. Marie considérait cette femme, qu'elle avait jugée cupide et intéressée. Elle était en fait la complice de l'écrivain qui lui avait confié ses plans et demandé de l'aider à les exécuter. Elle en éprouva un pincement douloureux. À l'éditrice la disparition romanesque, à l'attachée de presse les dernières volontés.

— Il t'en aurait parlé aussi… affirma Béatrice comme si elle devinait sa déception. Il avait la ferme intention de te le dire. Mais dans un premier temps, il préférait rester discret. Je suis la seule à qui il ait confié…

— J'ai compris.

— Il voulait partir depuis longtemps, tu sais. Le prix Nobel a servi de déclencheur – il détestait tellement ça, les cérémonies, la presse… mais en vérité, je crois qu'il était las de tout. De la pluie, du granit, de sa solitude… De la cité même. Personne n'aurait compris. Il s'était forgé une légende dont il était prisonnier. Les terre-neuvas, la morue, les corsaires… Il serait revenu, bien sûr ! Il ne voulait pas être enterré ailleurs. Mais avant, il avait besoin d'air et de lumière.

Un ciel sans hiver. Elle avait vu juste en l'imaginant sur une plage, pieds nus, vêtu de sa marinière. Évidemment l'argument était trivial. Rien n'était plus commun que ce besoin de soleil à l'âge où l'horizon s'obscurcit. Pourtant, elle devinait aussi dans ce désir si partagé des hommes un besoin inhérent à la condition humaine. L'été, la seule saison où l'on n'attend pas la suivante, c'était déjà un peu la vie éternelle.

— Où comptait-il aller ?

— En Amérique. Il avait prévu un vaste périple sur les pas de Chateaubriand. Sauf qu'il commençait par le Sud. Floride, Nouvelle-Orléans… Un pèlerinage à rebours, si tu préfères. Il devait être au Canada pour le mois de juin. Il avait prévu de séjourner à Québec…

Y aurait-il retrouvé la mère de Kateri ? Avait-il l'intention de revoir cet amour de jeunesse ? En voulant hâter leurs retrouvailles, sa fille n'avait fait que précipiter leur séparation, et celle-là était définitive. Marie jugea l'ironie trop cruelle. Il n'était pas nécessaire de le dire à Kateri. Elle caressa la tête de Silver.

— Voilà, tu sais tout… déclara Béatrice en vidant son verre de rhum. C'est moi maintenant qui ignore ce qu'il s'est passé la nuit du 7. Pierre devait nous appeler. Il avait un nouveau téléphone, un autre numéro pour qu'on ne retrouve pas sa trace. Il ne l'a jamais fait. Chaque fois, je tombe sur son répondeur.

Marie désigna la chambre de Pierre d'un coup de menton.

— Le téléphone est là, dans sa valise. Avec l'argent. Pierre n'est jamais parti.

Maintenant, il lui fallait tout raconter. Par où commencer ? La nuit serait longue avant de s'achever par *le linceul frangé d'écume*. Elle ouvrit la fenêtre, l'air marin entra, vaporisant les meubles d'embruns humides et frais. Elle inspira longuement puis, se tournant vers l'éditrice :

— Connais-tu le syndrome de Takotsubo ?

Épilogue

Le vol pour Stockholm décollait à dix-sept heures. Son père enregistrait leurs bagages, douze kilos de pulls en laine et de parkas fourrées, de quoi fêter Noël sur l'archipel suédois. Assise dans la salle d'attente de l'aéroport, Marie donnait à Kateri les dernières instructions pour Silver. Elle aurait voulu l'emmener mais le vétérinaire était formel : le chien avait besoin de stabilité pour soigner sa dépression. Il resterait à Saint-Malo jusqu'au retour de Jean-Jacques Rivalain, lequel s'était engagé à l'adopter. Depuis qu'il n'avait plus de voilier, ce n'était pas la place qui manquait chez lui.

Il restait encore une heure avant le départ – une idée fixe de son père qui avançait toujours sa montre d'un quart d'heure « pour être large ». Combien de fois avaient-ils attendu, chez le médecin, au cinéma, devant les grilles de l'école encore fermées, parce qu'il avait tenu à partir en avance ? Adolescente, elle avait râlé, lui reprochant de la presser pour rien et de poireauter ensuite des heures sur le quai d'une gare, sans autre ressource que ces déclarations inutiles qu'il répétait en boucle en regardant alternativement les rails et sa montre,

« il ne devrait pas tarder maintenant, au moins tu ne seras pas en retard ». Une seule fois, ils avaient raté un vol. Elle devait rejoindre sa mère à Sydney pour le mois d'août, elle avait eu mal au cœur dans la voiture qui la menait à Roissy et son père s'était arrêté sur le bas-côté du périphérique où elle avait vomi son petit déjeuner, tartines et chocolat – une heure pour tout nettoyer. Quand ils étaient arrivés à l'aéroport, l'enregistrement était terminé, il avait fallu appeler sa mère qui reprochait à son ex-mari de l'avoir fait exprès. Elle, toute pâle sur le banc de fer, serrait son sac à dos dans ses bras. Elle avait espéré que les vacances seraient annulées mais c'était mal connaître Air France, il y avait un vol dès le lendemain à 11 heures et celui-là, ils ne l'avaient pas manqué.

Pour passer le temps, elle ouvrit son ordinateur. Béatrice lui avait envoyé le manuscrit du dernier roman de Pierre, lis-le, il devrait te plaire... La maison Brodin préparait une édition spéciale pour la rentrée de janvier, un tirage de cent mille exemplaires – la cote de l'écrivain avait spectaculairement augmenté depuis sa disparition et plusieurs de ses romans étaient en rupture de stock pour les fêtes. Elle se souvenait que Pierre lui avait proposé de le lire en son absence, tandis qu'il devait se rendre à Stockholm, « si cela peut vous distraire ». Ce qu'elle ne s'expliquait pas, c'était pourquoi elle ne l'avait pas fait. Bien sûr, elle avait dû mener son enquête, il y avait tant de choses qu'elle ignorait sur lui et qu'elle avait découvertes à la faveur de cette vie recluse derrière les remparts. Mais toute personne avide de percer le mystère d'un écrivain ne devrait-elle pas commencer par le lire ? Depuis la disparition de Pierre Le Guellec, les journalistes cherchaient dans sa biographie les signes annonciateurs de sa fugue, négligeant tous les indices que son œuvre étalait sous leurs yeux, l'Amérique, les Iroquois, les mensonges de Donnacona, et jusqu'à l'enterrement viking qu'il avait décrit précisément au chapitre XVII de *L'Île interdite*. Selon le degré de sympathie que leur inspirait l'écrivain, ils voulaient une histoire d'amour tardive ou bien soupçonnaient une faute, une entorse à la morale dominante, qu'avait-il donc à se reprocher pour s'enfuir ainsi ? Mais l'œuvre de Pierre demeurait, fortifiée par la légende, elle s'élevait au-dessus de ces fouilleurs de linge sale comme un défi, humiliant leurs prétentions à l'expliquer. Au fond, chercher un auteur sur un terrain autre que littéraire, le lire sous un angle étranger à son dessein, cela seul était immoral.

La première page s'afficha sur l'écran de l'ordinateur. Le titre d'abord, *Un ciel sans hiver,* puis la dédicace. Mais elle ne put aller plus loin car ses yeux étaient hypnotisés par le nom, placé en exergue de l'œuvre et qu'elle relut plusieurs fois à voix basse : *à Marie R.*

Saint-Malo, novembre 2021

Composition et mise en pages
Nord Compo à Villeneuve-d'Ascq

FSC
www.fsc.org
MIXTE
Papier issu de sources responsables
FSC® C003309

L'éditeur de cet ouvrage s'engage dans une démarche de certification FSC® qui contribue à la préservation des forêts pour les générations futures.

Pour en savoir plus :
www.editis.com/engagement-rse/

CET OUVRAGE
A ÉTÉ ACHEVÉ D'IMPRIMER
SUR ROTO-PAGE
PAR L'IMPRIMERIE FLOCH
À MAYENNE EN JANVIER 2022

N° d'impression : 99783
Imprimé en France